Trois mots magiques

Charlotte Lamb

ÉDITIONS HARLEQUIN

Cet ouvrage a été publié en langue anglaise sous le titre :

KINGFISHER MORNING

48, avenue Victor-Hugo, Paris XVIe - Tél. 500.65.00
ISBN 2-280-00066-0
ISSN 0182-3531

1

Emma essuya rageusement une larme. Ce n'était pas le moment de songer à Guy ! Il lui restait une bonne vingtaine de kilomètres à faire, et elle tenait à arriver avant la tombée de la nuit. Déjà, le ciel s'empourprait au-dessus des collines du Dorset, qui se profilaient en une masse sombre à l'horizon. Bientôt, l'obscurité rendrait la conduite hasardeuse.

— Pourquoi Dorchester ? avait demandé Fanny en la regardant faire sa valise le matin même.

— Je suis chargée d'illustrer une réédition américaine des œuvres de Thomas Hardy, avait-elle répondu simplement.

« C'est la plus stricte vérité, même si le cœur n'y est pas ! » songeait-elle en enfouissant quelques mouchoirs supplémentaires dans son sac à main.

Fanny lui avait lancé un coup d'œil soupçonneux. Elles partageaient un petit appartement depuis deux ans, et se connaissaient comme des sœurs. Toutes deux raffolaient des bonbons à la menthe, détestaient l'opéra, adoraient les chats. Quand leurs goûts différaient — Fanny restait volontiers devant la télévision avec une boîte de chocolats, alors qu'Emma, plus dynamique, pratiquait plusieurs sports — cela n'affectait pas leur entente. Elles acceptaient le compromis dans la bonne humeur, ce qui constituait, de l'avis de Fanny, un excellent entraînement au mariage.

Elles ne pouvaient pas prévoir qu'elles tomberaient amoureuses du même homme.

Emma l'avait rencontré par une chaude après-midi de juin, lors d'un tournoi de tennis en double mixte, où elle l'avait battu à plates coutures. Plus tard, ils avaient pris le thé ensemble à l'ombre des peupliers, et s'étaient découvert beaucoup d'affinités. Guy était grand, blond comme les blés ; dans ses yeux bleus dansait un sourire chaleureux. Emma avait été attendrie par la petite bosse qu'il avait sur le nez, témoignage d'une rencontre malheureuse avec un ballon de rugby quand il était petit garçon.

— Je me suis évanoui comme une fille ! lui avait-il confié, encore tout contrit à ce souvenir.

Par hasard, Fanny était absente, en voyage d'affaires aux Etats-Unis où elle avait suivi son patron, un grand éditeur londonien. A son retour, trois semaines plus tard, Emma était follement amoureuse de Guy, convaincue que ses sentiments étaient partagés, ou plutôt désireuse de le croire.

Les jeunes gens étaient engagés dans une partie de cartes très animée quand Fanny, ruisselante, avait claqué la porte de l'appartement.

— Quel accueil, mes aïeux ! Ah... la pluie anglaise... c'est un véritable don du ciel après un mois de soleil californien !

Elle s'était ébrouée comme un jeune chien, secouant vigoureusement la masse de boucles blondes qui encadraient son petit visage délicat. Le hâle doré de sa peau rehaussait encore l'éclat de son regard pétillant de vie.

— Oh, Em ! C'est si bon de rentrer chez soi !

Ses yeux pervenche s'étaient posés sur Guy, et s'y étaient attardés, étrangement agrandis.

Subitement écarlate, le jeune homme soutenait

son regard, comme s'il était incapable de s'en arracher.

— Vous êtes Fanny... avait-il balbutié.

Vénus sortant de l'onde ne l'aurait pas intimidé davantage.

Emma avait senti son cœur se serrer. Elle les regardait tour à tour, incrédule puis désespérée. Guy ne cherchait même pas à dissimuler ce qu'il éprouvait, et les grands yeux expressifs de Fanny ne trahissaient que trop clairement son propre trouble.

Anéantie, Emma dut se rendre à l'évidence... L'attitude de Guy au cours de la semaine suivante avait encore aiguisé sa douleur. Il venait tous les jours à l'appartement, mais à présent, c'était pour voir Fanny.

Celle-ci demanda immédiatement à son amie quelle était la nature de ses relations avec le jeune homme. Elle était beaucoup trop attachée à Emma, beaucoup trop droite aussi, pour lui voler un soupirant. D'ailleurs, elles avaient jusqu'alors affiché des idées radicalement opposées sur la séduction au masculin.

— Si tu l'aimais, tu me l'aurais dit, n'est-ce pas, Emma ?

La jeune fille s'efforça de sourire et avait haussé les épaules d'un air faussement dégagé.

— Ça, tu peux en être absolument sûre ! Vous êtes libres.

Ces paroles lui déchiraient le cœur.

— Je n'ai jamais rien ressenti d'aussi merveilleux, renchérit Fanny, rayonnante. J'ai la tête remplie de lumière, comme un gigantesque feu d'artifice...

Elle s'interrompit pour éclater d'un petit rire ravi.

— Il déteste le ketchup, tu te rends compte ? C'est un signe de la Providence !

C'était l'épreuve éliminatoire à laquelle elles soumettaient en secret tous leurs prétendants, et Fanny guettait la réaction habituelle de sa compagne à cette plaisanterie intime.

Emma réussit à rire cette fois encore, mais au même instant, elle prit la décision de partir. Sa complicité avec Fanny lui paraissait maintenant intolérable. Elle n'aurait jamais le courage de jouer ce rôle d'observateur privilégié dans leur idylle. Elle avait elle aussi découvert sur Guy mille petits détails attachants : il lui avait avoué qu'il aimait lire des romans policiers dans son bain, par exemple, et qu'il avait une sainte horreur des araignées... Comment pourrait-elle écouter Fanny lui raconter avec délices les mêmes anecdotes ?

Malgré son chagrin, elle gardait trop de lucidité pour en vouloir aux deux jeunes gens. N'avait-elle pas elle-même assisté au coup de foudre qui les avait terrassés ? Sa colère allait tout entière à la Fatalité, cette déesse impitoyable qui l'avait laissé construire ce bel édifice pour présider à sa chute...

Si l'on pouvait ainsi tomber amoureuse, sans doute pouvait-on s'en remettre également. Des proverbes réservés à cet usage lui traversaient l'esprit : « un de perdu, dix de retrouvés », « loin des yeux, loin du cœur »... Elle oublierait Guy dès qu'elle serait éloignée de lui. Elle emportait d'ailleurs si peu de souvenirs... Guy n'avait pas menti en assurant à Fanny qu'ils étaient seulement bons amis. C'est Emma qui s'était trompée toute seule, victime d'un aveuglement où un bras amicalement passé autour de ses épaules prenait force de déclaration. Comme il était donc facile de s'illusionner quand on souhaitait croire...

Aussi avait-elle saisi au vol l'excellent prétexte que lui offrait cette commande. Elle pouvait très bien s'en acquitter sans un voyage dans le Dorset, en consultant sur place les documents d'époque disponibles dans les différents musées de Londres. Cependant, elle n'avait pas encore pris de vacances cette année-là, et la perspective de quelques semaines à la campagne lui paraissait attrayante. D'autre part, une série de croquis sur le vif se révélait toujours fort utile.

Par chance, sa profession lui laissait une liberté presque totale. Elle avait d'abord eu l'intention de travailler à l'agence de publicité de son oncle, mais une commande survenue alors qu'elle était encore étudiante aux Beaux-Arts l'avait orientée vers l'illustration en travailleur indépendant, voie qu'elle n'avait pas quittée depuis. Elle partait donc aussi libre de son temps que de son cœur, avait-elle déclaré à Fanny avec une désinvolture tout étudiée...

... Elle ralentit pour déchiffrer un panneau de signalisation et bifurqua sur la gauche. Encore une demi-heure, et elle signerait le registre de son hôtel. Elle constata non sans plaisir qu'elle commençait à avoir faim. « Voilà qui est bon signe », songea-t-elle. Les chagrins d'amour n'avaient-ils pas la réputation de faire perdre l'appétit ?

Les talus escarpés de la route se détachaient en une ligne continue sur le ciel, qui lui parut se couvrir de façon menaçante. De gros nuages s'amoncelaient au nord, et elle se demanda si elle n'aurait pas bientôt à essuyer un orage.

Tout à coup, un chien jaillit d'une cour de ferme et se jeta sous ses roues. Elle écrasa la pédale de frein, mais il était trop tard. La voiture fit une embardée et se déporta violemment sur la droite. Affolée, Emma braqua le volant de toutes ses forces pour tenter de redresser le véhicule... Un choc terrible la projeta contre le tableau de bord, et sa tête heurta violemment le pare-brise.

Elle resta plusieurs minutes au bord de l'évanouissement, incapable de comprendre ce qui venait de se passer. Puis elle reprit peu à peu ses esprits, et se précipita hors du véhicule, encore pantelante.

Une grosse voiture familiale s'était encastrée dans la malle arrière. Horrifiée, elle constata que ses passagers semblaient grièvement atteints.

Le pare-brise avait volé en éclats, et la conductrice, une jeune femme, gisait sans connaissance en travers du volant. Sur la banquette arrière, trois jeunes enfants poussaient des cris déchirants.

— Maman... Maman !

Le siège avant était occupé par une femme d'âge mûr, affaissée sur le côté avec le front couvert de sang.

Fort heureusement, un camion arrivait en sens inverse. Le conducteur ralentit dans un crissement de pneus et se pencha à la vitre.

— Ça ira ? Je file prévenir une ambulance, cria-t-il.

Emma hocha la tête machinalement, les genoux tremblants. Soudain, la conductrice remua légèrement. Emma ouvrit la portière et se pencha sur elle, écartant d'une main hésitante la mèche qui barrait son front moite. Les paupières de la blessée se soulevèrent et elle posa sur la jeune femme un regard vide.

— Ne vous inquiétez pas, madame, chuchota Emma d'une voix rassurante. Les enfants sont indemnes.

Les lèvres exsangues de la blessée s'entrouvrirent.

— Les enfants... répéta-t-elle faiblement.

La panique envahit son visage et elle s'efforça de tourner la tête.

— Ils vont très bien, je vous l'assure.

Ils étaient encore très jeunes, mais la plus grande, une fillette de sept ans environ, paraissait étonnamment vive pour son âge.

— Dis quelque chose à ta maman, lui souffla Emma.

— On n'a rien, maman, déclara bravement la petite fille en repoussant ses cheveux noirs d'une petite main nerveuse.

Sa mère poussa un profond soupir de soulagement. Elle lança un regard angoissé vers sa passagère et poussa un cri d'effroi.

— Nanny ! Mon Dieu, elle n'est pas...

Sa voix se brisa.

— Non, bien sûr que non, répondit vivement Emma.

Elle contourna rapidement le véhicule et examina la vieille dame de son mieux.

— Son pouls bat normalement, annonça-t-elle. Il y a beaucoup de sang, mais les blessures du cuir chevelu saignent toujours abondamment. Je crois qu'il vaut mieux attendre les secours.

La jeune conductrice ferma les yeux et une larme roula sur sa joue.

— Quelle malchance ! Et précisément ce soir... Cette voiture a freiné brutalement, je n'ai pas pu l'éviter...

Bouleversée, Emma se mordit les lèvres.

— Je suis tellement navrée..., murmura-t-elle en lui prenant la main ; ce chien s'est précipité devant moi, et... je n'ai pas eu le temps de réfléchir. Tout est de ma faute.

Abasourdie, la jeune femme rouvrit les yeux.

— C'était vous ?

Emma baissa la tête et acquiesça. Elle raconta brièvement ce qui s'était passé, et, quand elle osa de nouveau lever les yeux sur son interlocutrice, elle la vit qui lui souriait d'un air las mais compréhensif.

— Je suppose que je n'aurais pas mieux réagi, à votre place, dit-elle simplement.

Elles entendirent la sirène lancinante d'une ambulance qui vint s'arrêter à leur hauteur. Les infirmiers sautèrent à terre, évaluèrent d'un seul coup d'œil l'ampleur des dégâts et écartèrent résolument Emma. La police arriva quelques instants plus tard pour enregistrer sa déposition. Comme sa voiture n'était pas sérieusement endommagée, elle demanda l'autorisation d'escorter l'ambulance jusqu'à l'hôpital, et l'obtint sans trop de difficulté.

Elle trouva les trois enfants dans le bureau de l'infirmière en chef, installés devant un chocolat chaud et une assiette de biscuits. En la voyant entrer, l'aînée se précipita et l'étreignit comme une amie de longue date, heureuse de voir une figure connue dans cet environnement étranger.

— Comment va leur mère ? demanda Emma à voix basse.

— Elle ne s'en est pas trop mal tirée, répondit l'infirmière. Elle n'a que deux côtes brisées et un léger traumatisme crânien ; c'est un vrai miracle !... Sa passagère, elle, a subi un léger enfoncement de la cage thoracique. Mais elles seront vite rétablies, je pense.

— Puis-je la voir ? s'enquit Emma anxieusement.

Elle avait révélé à l'infirmière les circonstances de l'accident, et celle-ci la considérait sans aménité.

— Je vous en prie, insista-t-elle, je voudrais tellement faire quelque chose pour elle...

— Une minute seulement, alors, répondit la femme d'un ton bourru.

Elle l'introduisit elle-même auprès de sa patiente et resta sur le seuil tandis qu'Emma s'approchait du lit. Les yeux bleus de la blessée s'allumèrent sous l'épais pansement qui entourait maintenant son front, et elle sourit.

— Re-bonjour !

— Je viens vous demander si je peux vous aider en quoi que ce soit... avec les enfants, par exemple. Je vous en prie, dites-moi que je peux vous être utile... Je me sens tellement coupable.

Son regard noisette se fit suppliant.

— Vous n'avez rien à vous reprocher, répondit faiblement la jeune femme. Mais je vous remercie de votre gentillesse, Miss... ?

— Emma Leigh, mais appelez-moi Emma !

— Quel nom ravissant... Je suis Judith Hart.

Assurée que tout se passerait bien, l'infirmière quitta discrètement la pièce et, sur la demande de Judith, Emma s'assit à son chevet.

— Votre mari a-t-il été prévenu ? demanda-t-elle.

— C'est malheureusement impossible. Il est en Turquie.

Emma ouvrit de grands yeux.

— Tim et moi sommes archéologues, expliqua la jeune femme. Depuis la naissance des enfants, nous avons toujours refusé de travailler à l'étranger. Maintenant qu'ils sont un peu plus grands, nous nous sommes tous deux laissé tenter par un chantier d'été en Turquie. Je les conduisais chez mon frère Ross, qui avait accepté de les recevoir en notre absence. Il habite un grand cottage tout près d'ici, en compagnie d'une excellente gouvernante.

Elle s'interrompit et soupira tristement.

— Qui n'aime apparemment pas beaucoup les enfants, continua-t-elle d'une voix altérée. L'arrangement n'était possible que dans la mesure où Nanny s'occupait entièrement d'eux.

De grosses larmes lui montèrent aux yeux.

— A présent, je ne sais pas...

— Confiez-les-moi ! lança impulsivement Emma.

Judith la considéra avec stupéfaction.

— Je parle sérieusement, enchaîna vivement Emma. Je suis tout à fait disposée à me charger d'eux jusqu'à votre sortie de l'hôpital. Je dois passer quelques semaines dans le Dorset pour effectuer une commande… Comme je suis indépendante, je n'ai aucun emploi du temps bien précis… ça ne me posera aucun problème !

— Mais avez-vous songé à la responsabilité que cela représente ? Mes enfants sont loin d'être des anges…

— Cela m'ôterait un gros poids de la conscience, répondit Emma avec franchise.

Judith avait une expression songeuse. Elle parut hésiter un instant, puis elle leva sur la jeune femme un regard direct.

— Je serai honnête à mon tour, déclara-t-elle. Pour dire les choses comme elles sont, mon frère est un misogyne de la pire espèce… Il est célibataire, et le restera toute sa vie, car aucune femme ne sera jamais à la hauteur de ses exigences.

Elle fit une petite grimace embarrassée.

— Il a trouvé très choquant que je me remette à l'archéologie au lieu de rester auprès des enfants… et il n'aurait jamais accepté de les prendre sous son toit si Tim ne le lui avait demandé lui-même…

Emma se redressa et fit mine de gonfler la poitrine.

— Je m'en charge ! plaisanta-t-elle en riant.

Judith était visiblement partagée entre l'espoir et le doute.

— Connaissez-vous quelqu'un d'autre qui puisse garder vos enfants ? Une amie, ou votre mère ? renchérit Emma.

— Ma mère est morte, soupira la jeune femme. Dans ma famille, je ne vois personne à qui je puisse faire appel ; de son côté, Tim n'a plus que deux vieilles tantes très âgées…

Elle tourna vers Emma un visage bouleversé.

— A vrai dire, je me fais beaucoup de souci pour eux. J'ai beau chercher…

— Alors c'est entendu, coupa Emma d'une voix

résolue. Je vais conduire vos enfants chez leur oncle et je m'arrangerai avec lui.

Judith la regarda et croisa son chaleureux regard, de la même couleur châtaigne que les boucles luisantes qui encadraient son visage délicat à l'ovale parfait, et elle se sentit gagnée par un sentiment de réconfort. Ses enfants seraient en bonnes mains, avec cette jeune femme fragile mais cependant si volontaire...

Sur ces entrefaites, l'infirmière revint avec un air préoccupé.

— J'ai essayé plusieurs fois de joindre votre frère, madame Hart, mais je n'obtiens pas de réponse.

— Il doit être en visite, dit Judith en fronçant les sourcils.

— Il est médecin ? s'enquit Emma.

— Non, vétérinaire.

— Je comprends, à présent ! s'écria l'infirmière. Dans ce cas, je rappellerai régulièrement.

Judith lui expliqua la décision qu'elle venait de prendre, et l'infirmière lança un regard approbateur à Emma, comme pour la remercier d'avoir su rassurer sa pensionnaire.

Emma sortit rejoindre les enfants, qu'elle voulait amener auprès de leur mère avant de partir. Celle-ci pourrait ainsi leur parler et les convaincre qu'elle avait pleinement consenti à ce brusque changement de gouvernante.

A son entrée, l'aînée sauta sur ses pieds et accourut vers elle.

— Comment va maman ?

— Tu vas la voir dans un instant, annonça Emma avec un grand sourire. Je m'appelle Emma. Et toi ?

— Tracy, répondit laconiquement la fillette.

Elle se retourna vers son petit frère, qui écoutait son propre cœur avec un stéthoscope qu'il avait déniché dans un tiroir.

— Robin ! Pose ça tout de suite !

Robin était un petit bonhomme jovial aux yeux noirs étincelants de vivacité, qui lui décocha un sourire effronté. Il n'avait pas plus de quatre ans, mais semblait jouir d'une robuste constitution.

La benjamine dormait à poings fermés, son petit visage rond écrasé contre ses mains minuscules, le pouce dans la bouche. Emma sentit une vague de tendresse lui gonfler le cœur devant ces immenses cils recourbés sur deux joues roses et rebondies à la peau plus lisse que de la soie.

— Qui est notre Belle au bois dormant ? chuchota-t-elle à l'oreille de Tracy.

— Donna, elle a trois ans et elle dort sans arrêt.

La nuance de mépris réprobateur contenue dans cette description amusa Emma, qui réprima un sourire et enleva le bébé dans ses bras. Une émotion immense la submergea quand la petite tête roula sur son épaule, dans un abandon total.

Tracy examinait Emma avec une circonspection d'adulte.

— Est-ce qu'oncle Ross va venir nous chercher ? interrogea-t-elle très posément.

— Non, c'est moi qui vous emmènerai chez lui, répondit gentiment Emma. Dès que vous aurez embrassé votre maman.

... Une demi-heure plus tard, elle scrutait anxieusement les ténèbres qui l'environnaient, perdue en pleine campagne au milieu d'un carrefour désert. C'était pourtant bien celui qui figurait sur le plan que Judith lui avait tracé, et il fallait prendre à gauche. Mais dans ce cas, où était le village ? Elle ne voyait aucune lumière, aucun signe de vie... Et si elle s'était trompée à l'embranchement précédent ?

Elle s'engagea au ralenti sur la route indiquée, dont elle distinguait à peine les bas-côtés, tant il faisait sombre. Soudain, elle aperçut des fenêtres qui brillaient à travers un rideau d'arbres. Sauvée !...

Après un bref coup d'œil sur les instructions, elle compta mentalement, trois lumières rapprochées, puis un vide. On passait ensuite deux champs sur la droite, puis on atteignait un second groupe d'habitations. Toujours suivant le croquis, elle tourna dans un petit raidillon étroit à l'angle de l'auberge, et se gara enfin devant la dernière maison du village.

Son soulagement fut de courte durée. Le bâtiment était plongé dans l'obscurité la plus totale. Emma sentit son courage l'abandonner. Les enfants s'étaient endormis, blottis à l'arrière de la voiture sous une grande couverture écossaise, comme une portée de chatons. Les laissant à leurs rêves, elle descendit et décida de partir en exploration.

Elle poussa un portillon de bois peint et suivit une allée qui s'enfonçait à travers le jardin, d'où montait un parfum capiteux de roses mêlé d'autres senteurs indéfinissables. A tâtons, elle rencontra une porte, et frappa à coups répétés. Seul le tic-tac régulier d'une horloge troublait le silence qui régnait à l'intérieur.

Un bruit derrière elle la fit sursauter d'effroi. Elle se retourna brusquement, le cœur battant. Une silhouette surgit de la pénombre, et Tracy, souriante, glissa une petite main chaude dans la sienne.

— Je suis réveillée. Oncle Ross n'est pas là ?

— Apparemment non, répondit Emma avec une légèreté qui sonnait un peu faux. Il va falloir nous résigner à briser un carreau, si nous voulons entrer !

— La clef n'est pas sous le pot de fleurs ? s'étonna Tracy.

Comme Emma la dévisageait avec ahurissement, elle prit un air important.

— Oncle Ross en laisse toujours une, au cas où Mme Climp serait absente, précisa-t-elle.

— Mme Climp ? répéta Emma.

La gouvernante, probablement, songea-t-elle après une seconde de confusion.

— Quel pot de fleurs, le sais-tu ?

— Evidemment, laissa tomber la fillette avec une moue suffisante. Je suis venue l'été dernier, une semaine. Moi toute seule. C'était fantastique.

Elle l'entraîna derrière la maison, s'accroupit devant une rangée de géraniums et retourna sans hésiter le troisième pot. Quand elle se redressa, elle brandissait triomphalement une clef.

— Bravo, ma chérie, s'écria Emma en la prenant dans ses bras.

Tracy se dégagea en se tortillant, embarrassée par ces effusions.

— C'est celle de l'entrée de service.

En effet, la porte s'ouvrit sans résistance, et Tracy, passant la première, tourna le commutateur. A demi aveuglée par ce brusque retour à la lumière, Emma pénétra dans une cuisine spacieuse, aménagée d'un équipement moderne, d'une propreté méticuleuse.

— Je meurs de faim, annonça Tracy en se dirigeant d'un pas décidé vers le réfrigérateur.

Elle l'ouvrit et inspecta son contenu.

— Tu crois vraiment qu'on peut se servir comme ça ? hasarda Emma.

— On ne va pas aller se coucher sans dîner ! rétorqua la fillette sans se démonter. Chouette ! Des merguez...

Emma lutta contre une vague de dégoût. A cette heure de la nuit !

— Je pourrais faire des œufs à la coque, suggéra-t-elle gentiment. Peut-être que Donna et Robin n'aiment pas beaucoup les merguez !

Tracy lui lança un regard apitoyé.

— Tu plaisantes, ils adorent ça.

Elle rejeta fièrement la tête en arrière.

— Toi, tu vas les chercher, et moi je fais cuire la viande et des raviolis, décréta-t-elle fermement.

Sans plus perdre de temps, elle se mit à l'ouvrage. Stupéfaite, Emma ouvrait de grands yeux. Chez une enfant de cet âge, un tel esprit pratique l'inquiétait presque autant qu'il l'étonnait... Mais comme Tracy, déjà armée d'un ouvre-boîtes, se montrait parfaitement à la hauteur de ses paroles, elle haussa les épaules et s'exécuta.

Sur la banquette arrière, les deux cadets dormaient toujours. Doucement, elle enveloppa Donna dans le plaid et la prit dans ses bras. Robin s'éveilla en sursaut.

— Je peux marcher, dit-il d'un ton péremptoire.

Quand ils arrivèrent, la table était mise et les saucisses crépitaient joyeusement sur la cuisinière. La petite maîtresse de maison avait fait griller du pain, qu'Emma, obéissant à sa suggestion polie mais ferme, beurra docilement. Les efforts de Tracy pour paraître adulte éveillaient son sens de l'humour, mais elle ne fit aucun commentaire, pour ne pas blesser la dignité de la fillette.

Robin et Donna s'installèrent devant leurs assiettes, visiblement enthousiastes, et Tracy les servit avec un air de supériorité hilarant. Soucieuse de ne pas la contrarier, Emma grignota quelques tartines, tandis que les autres convives faisaient largement honneur au repas. Quand la jeune femme la félicita, Tracy baissa les yeux avec une modestie affectée.

— J'adore faire la cuisine, minauda-t-elle.

— Tu veux dire que tu aimes manger, rectifia Robin, la bouche pleine.

Jugement malheureux, sanctionné par un coup de pied bien ajusté qui lui arracha un glapissement de douleur.

— Au lit, maintenant, intervint Emma précipitamment.

— Oncle Ross a dit dans sa lettre que je pouvais avoir ma chambre de l'année dernière, avec Donna. Robin a le débarras, et toi, tu peux dormir dans celle de Nanny, je présume.

A l'étage, les lits étaient déjà faits. Sur les édredons, Emma avisa des bouillottes qu'elle descendit remplir à la cuisine. Quand elle remonta, elle trouva les trois compères en pyjama, prêts pour la nuit.

Elle souhaita amicalement le bonsoir aux deux fillettes. Tracy tendit une joue distante, mais Donna lui jeta spontanément les bras autour du cou, dans un élan d'affection câline.

— Je laisse une veilleuse ? demanda Emma avant de les quitter.

Tracy lui lança un œil mauvais.

— Bien sûr que non. Je ne suis plus un bébé !

Dans sa chambre, Robin était enfoui sous les draps. Emma hésita un instant, puis se pencha sur la petite forme recroquevillée.

— Bonsoir, Robin, chuchota-t-elle.

Le visage tout rose apparut, et il promena sur elle un œil rond, sans répondre. Elle déposa un baiser rapide sur le bout de son nez, et il replongea immédiatement sous les couvertures, tandis qu'elle éteignait la lumière en souriant.

Sur le palier, elle s'arrêta pour écouter le bruit de leurs respirations paisibles. Enfin ! Ils étaient en sécurité, bien au chaud dans des lits douillets, l'estomac plein... elle avait presque peine à le croire !

Quelle aventure ! songea-t-elle en s'étirant. Maintenant que sa tension se relâchait, elle mesurait combien ses nerfs avaient été mis à l'épreuve tout au long de cette soirée. Elle redescendit, se prépara une tasse de chocolat et se laissa tomber sur une chaise, rompue. Elle avait bien mérité une nuit de repos !

Après avoir pris soin de ranger la vaisselle sur l'évier, elle se dirigea vers l'escalier. Elle avait déjà le pied sur la première marche quand elle se souvint brusquement qu'elle avait oublié son sac à main dans la voiture.

Elle sortit de la maison pour traverser le jardin. Il faisait nuit noire, et une légère brise nocturne agitait les massifs environnants, qui la frôlaient dans un bruissement presque menaçant. L'endroit paraissait très solitaire ; elle pressa le pas avec un frisson involontaire.

Tout à coup, elle crut voir bouger une forme humaine devant elle. Elle tressaillit et, étouffant un petit cri de stupeur, elle se jeta de côté tandis qu'une poigne de fer s'abattait sur son épaule, la retenant prisonnière.

— Lâchez-moi ! hurla-t-elle, au comble de l'horreur.

— Certainement pas, bougonna une voix d'homme.

Terrifiée, elle se débattait convulsivement, frappant au hasard des pieds et des poings pour se dégager.

— Restez tranquille, que diable ! ordonna la voix. Laissez-moi vous regarder de plus près.

La prise qui la meurtrissait se desserra un peu, et elle cligna des yeux sous le faisceau puissant d'une lampe de poche.

— Qui êtes-vous ? demanda la voix.

A présent, elle avait deviné l'identité de son agresseur, et sa panique se dissipait. C'était cet ours mal léché de vétérinaire, en personne !

— Je suis arrivée ce soir avec les enfants de votre sœur, dit-elle avec un petit rire forcé.

— Vous n'êtes pas leur gouvernante française, grogna-t-il, soupçonneux.

— Il y a eu un accident, expliqua-t-elle. Rien de grave, rassurez-vous, mais Nanny est blessée. C'est donc moi qui ai pris les enfants en charge.

— Je ne peux plus les recevoir, jeta-t-il brutalement. Mme Climp m'a donné son congé à l'improviste. Il ne vous reste plus qu'à les ramener à leur mère.

2

— Mais c'est absolument impossible ! s'écria-t-elle, consternée.

— Pourquoi donc ? rétorqua-t-il, sa torche toujours braquée sur elle.

Elle se rejeta vivement en arrière, gagnée par la colère. Il était encore plus odieux qu'elle ne s'y attendait !

— Cessez de m'éblouir, je vous prie ! Sommes-nous obligés de passer la nuit dehors à nous geler les os ?

— Que faites-vous à rôder dans mon jardin au milieu de la nuit ?

Elle le lui expliqua brièvement, et il l'accompagna à la voiture, dissimulant à peine son impatience. Comme ils remontaient l'allée, une chouette poussa un ululement lugubre qui fit tressaillir Emma. Il eut un éclat de rire qui ressemblait à un aboiement.

— Vous êtes de la ville, je vois.

Elle le suivit sans daigner répondre. Il abandonna ses bottes boueuses à la porte de service et pénétra dans la cuisine, silencieux sur d'épaisses chaussettes de laine.

Emma l'étudia attentivement. Il lui tournait le dos, mais sa carrure impressionnante et le port arrogant de sa tête couronnée de magnifiques cheveux bruns luisants trahissaient une force de caractère peu commune. Grand et élancé, il avait l'apparence robuste d'un homme endurci par la vie au grand air.

Il se retourna brusquement ; son regard perçant la parcourut rapidement de la tête aux pieds.

— Expliquez-vous, Miss... ?

La jeune fille respira profondément pour maîtriser son exaspération. Pour qui se prenait-il, à lui donner des ordres ?

— Emma Leigh, répondit-elle d'une voix volontairement glaciale. Mais êtes-vous sûr que cela vous intéresse ? Je ne voudrais pas vous importuner.

Les yeux gris se rétrécirent en deux fentes menaçantes.

— Je vous dispense de vos conclusions hâtives, Miss Leigh, jeta-t-il durement. J'ai cru comprendre que ma sœur n'avait pas été blessée dans cet accident ?

— Pas gravement, rectifia Emma. Mais elle doit cependant rester quelque temps à l'hôpital, ainsi que la gouvernante des enfants. Comme ceux-ci se retrouvaient seuls, j'ai proposé...

— Vous êtes une amie de Judith ? coupa-t-il.

— Non, enfin c'est-à-dire que... c'est moi qui conduisait l'autre véhicule.

Ecarlate, elle baissa les yeux sous son regard subitement intéressé.

— J'ai freiné brutalement pour éviter un chien, et votre sœur m'a heurtée par l'arrière, poursuivit-elle d'un ton que l'embarras rendait presque agressif.

— Alors, pour apaiser votre mauvaise conscience, vous lui avez généreusement offert de vous occuper de ses enfants, compléta-t-il, sarcastique. Et vous osez me parler de haut, avec ces yeux méprisants ? Vous ne manquez pas d'audace !

Il n'avait pas tout à fait tort, s'avoua-t-elle en rougissant encore davantage.

— Je me sentais terriblement coupable, c'est vrai, admit-elle humblement. Mais il me semble que si je n'avais pas été responsable, j'aurais agi de même... Jamais je ne pourrais abandonner trois petits enfants en détresse, surtout...

Elle s'interrompit et se mordit les lèvres.

— Surtout ceux de votre propre sœur, compléta-t-il avec un rictus désabusé. Ma vie est déjà trop remplie, Miss Leigh, et je n'ai vraiment pas le temps de me consacrer à trois bambins dont le plus âgé n'a que sept ans. Sans personne pour m'aider, de surcroît. J'ai passé ma journée à chercher une domestique, mais cet endroit est trop isolé. Voici quelques exemples d'une réalité matérielle que vous devriez prendre en compte avant de crier à l'égoïsme.

— Vous pourriez accepter mes services, hasarda-t-elle.

L'air pensif, il parut méditer un instant sa proposition, puis ses traits se durcirent à nouveau.

— Je vous remercie, mais c'est hors de question.

— Je suis parfaitement capable de garder ces enfants, dit-elle d'un ton froissé.

— Je n'en doute pas.

— Alors pourquoi refusez-vous ?

Il fronça les sourcils d'un air irrité.

— Ne vous faites pas plus naïve que vous ne l'êtes. Nous sommes dans un petit village tranquille, où rien ne passe inaperçu, et les langues vont bon train. Comme il n'arrive jamais rien, le plus petit événement est avidement exploité. Même s'il faisait nuit noire, vous pouvez être sûre que tout le monde vous a vue arriver. On vous aura sans doute prise pour ma sœur, mais dès demain matin, les gens vont commencer à jaser. Demain soir, ils seront convaincus que nous sommes amants, et ils nous auront fiancés avant la fin de la semaine.

— C'est ridicule ! s'exclama-t-elle, rouge de confusion.

Comme il éclatait de rire, elle lui lança un regard furibond.

— Qu'y a-t-il donc de si comique ?

— Votre expression, répondit-il, lui-même transfiguré par une sincère hilarité.

— Puisque vous êtes incapable d'affronter de vulgaires commérages, nous irons tous les quatre à l'hôtel demain, déclara-t-elle sèchement. Enfin, si vous pouvez nous héberger pour une nuit sans que votre réputation ne soit définitivement ruinée.

Il la dévisagea longuement, en silence.

— Pas facile à démonter, hein ? dit-il enfin. C'est entendu, vous resterez tous ici. Je trouverai quelqu'un. Que faites-vous dans la vie ? s'enquit-il, plus par courtoisie que par réelle curiosité.

— Je suis illustratrice. En ce moment, je travaille sur Thomas Hardy, c'est pourquoi je suis venue dans cette région.

— J'avais remarqué que vous aviez des mains d'artiste. Je suis très observateur, ajouta-t-il rapidement en la voyant s'empourprer, c'est une qualité indispensable dans mon métier.

Il bâilla et s'étira.

— Je vais me coucher. Avez-vous besoin de quelque chose ?

— Non, merci, répondit-elle poliment.

Elle s'attarda encore un instant dans la cuisine puis elle monta à l'étage.

Sur le palier, elle surprit Ross qui refermait doucement la porte de la chambre de Robin, un sourire attendri aux lèvres.

— Je vérifiais simplement... commença-t-il avec une grimace contrite.

— Inutile de vous excuser, dit-elle gentiment. Je

suis heureuse de voir que vous les aimez quand même un peu.

Elle s'endormit dès que sa tête se posa sur l'oreiller.

L'atterrissage brutal de deux boulets sur son estomac la réveilla en sursaut. A demi suffoquée, elle repoussa ses assaillants, s'assit et leur tendit les bras. Donna s'y blottit sans se faire prier, Robin avec plus de réticence.

— Tracy est en train de préparer le petit déjeuner, annonça-t-il. Lève-toi !

Elle jeta un regard ensommeillé au réveil, qui indiquait sept heures. La veille, elle s'était sentie vaguement coupable en remontant la sonnerie pour sept heures trente, mais à présent, elle aurait bien dormi encore un peu...

— Avez-vous vu votre oncle ?

— Il est déjà parti, répondit Robin. Soigner une vache. Il n'a pas voulu m'emmener.

— Debout ! pépia Donna.

— Descendez, je viens tout de suite.

Elle se leva à contrecœur et tituba vers la salle de bains pour faire sa toilette et s'habiller. L'eau froide la réveilla tout à fait, et elle se dirigea vers la fenêtre. La vue qui s'offrit à elle l'enchanta.

Entre des haies touffues arrivant à hauteur d'homme foisonnait un jardin à l'agencement un peu fantaisiste, traversé de toutes parts par les vols rapides de nombreux oiseaux. Des allées aux dalles moussues serpentaient au gré des plates-bandes échevelées, contournaient un petit potager et se perdaient sous les arbres fruitiers peuplés de mésanges. Le banc de bois peint était colonisé par des rouges-gorges au plastron éclatant, et des merles rebondis sautillaient sur les pelouses. Un énorme chat roux se prélassait au soleil, surveillant par habitude ces ébats alléchants, mais trop paresseux pour les interrompre.

— Emma ! Dépêche-toi ! appela Tracy d'en bas.

La fillette avait fait cuire une quantité impressionnante de porridge. Robin creusait des lacs et traçait des rivières dans son bol avec une concentration suspecte, et Donna fixait le sien d'un air de révolte.

— Elle déteste le porridge, mais c'est bon pour elle, expliqua Tracy d'un ton sentencieux qui amusa Emma.

— Ce qu'on n'aime pas n'est jamais bon pour vous, répondit-elle en ôtant son assiette au bébé. Un œuf coque pour Donna ?

Celle-ci acquiesça immédiatement, visiblement soulagée.

— Maman nous fait toujours du porridge, protesta sa sœur en se renfrognant.

— Elle ne force pas Donna à en manger, observa Robin calmement.

Cela lui valut un coup de coude dans les côtes et une effroyable grimace.

Emma attaqua son assiette, dont le contenu avait la consistance du ciment liquide. C'était horriblement mauvais, mais elle fit un large sourire à Tracy.

— Tu cuisines très bien, pour tes sept ans.

— Je peux avoir un œuf, moi aussi ? gémit Robin. J'ai les dents toutes collées.

— Eh bien, laisse-le ! cria Tracy. Ça m'est complètement égal !

La mine sombre, les mâchoires serrées, elle tentait vaillamment de finir sa part, mais sa propre répugnance faisait peine à voir.

— Ne mange pas autant de porridge, tu n'auras plus faim pour ton œuf, lui dit Emma d'un ton léger.

Elle échangea prestement son bol encore à demi rempli contre un coquetier.

La fillette poussa un soupir involontaire de soulagement, puis s'empressa aussitôt de jouer la victime impuissante d'une autorité arbitraire. Etre pris dans son tort devant cette enfant pouvait se révéler désastreux, songea Emma.

Le petit déjeuner terminé, elle décida d'expédier les enfants au jardin pendant qu'elle faisait la vaisselle.

— Il faut que tu surveilles les petits, dit-elle à Tracy qui lui proposait son aide.

Celle-ci prit un air important et les dirigea fermement vers la porte. Robin adressa à la jeune femme un clin d'œil complice. Quel drôle de petit bonhomme, pensa Emma en contenant un fou rire. Il était étonnamment éveillé pour son âge, et avait le don de toucher du doigt l'essentiel d'une situation pour le résumer ensuite en quelques mots bien sentis.

Elle les rejoignit un peu plus tard, vêtue d'une jupe écossaise et chaussée de solides mocassins à talons plats.

— On va explorer ? lança-t-elle gaiement.

Les enfants bondirent de joie et se précipitèrent vers le portillon. Robin ramassa dans l'herbe une grosse pomme de reinette pourrie, qu'il lança vigoureusement par-dessus la haie.

A la grande consternation d'Emma, il y eut un cri de rage, et un visage courroucé apparut de l'autre côté de la barrière.

— Qui a lancé ça ?

Des yeux de saphir étincelants de fureur survolèrent le petit groupe interdit avant de s'arrêter sur Robin, qui s'était réfugié derrière la jupe d'Emma.

— C'est toi, espèce de petit...

— Eh, pas devant les enfants, s'il vous plaît, coupa Emma vivement.

Le regard de son interlocutrice se posa sur elle. « Elle est délicieuse », nota Emma objectivement. Son teint de rose, encadré d'or pâle, ne devait rien au maquillage discret qui rehaussait seulement la beauté de ses traits délicats. Sur un chemisier assorti à ses lèvres cramoisies, elle portait un ensemble beige classique mais raffiné, d'une élégance parfaite si ce n'était l'énorme tache qui s'étalait sur son épaule gauche.

— Mon Dieu, se lamenta Emma, je suis terriblement navrée. Si nous avions su que vous étiez là... c'est un accident...

— Mon tailleur est perdu ! Il va falloir que je rentre me changer, maintenant...

— Je paierai le teinturier, cela va sans dire, assura Emma. Et nous sommes vraiment désolés, n'est-ce pas, Robin ? ajouta-t-elle en le fixant sévèrement.

— Excusez-moi, souffla le garçonnet en se cramponnant désespérément à sa jupe.

L'inconnue détaillait minutieusement Emma.

— Qui êtes-vous, d'abord ? La nurse, je présume ?

Emma hésita. Elle n'avait aucune envie de se lancer une fois de plus dans une explication interminable.

— Vous me paraissez bien décorative pour une bonne d'enfant, enchaîna froidement l'étrange visiteuse. Ne vous faites pas d'illusions, il est incorruptible. Vous ne seriez pas la première à échouer. Et si vous essayez de me le prendre, je vous promets que vous le regretterez.

Emma l'écoutait avec un mélange de stupeur et de colère.

— Peut-on savoir de quoi vous parlez ?

— Ne faites donc pas l'innocente, répondit l'autre sèchement. Vous savez très bien qui il est, et je comprends que vous nourrissiez des espoirs, mais je vous aurai avertie... Laissez-le tranquille.

— Qui, « il » ? Leur oncle ? répéta Emma, abasourdie. C'est le vétérinaire, n'est-ce pas ?

Ses paroles furent accueillies par un brusque éclat de rire, plus méprisant qu'amusé.

— Très drôle !

Emma resta muette de stupéfaction, complètement désorientée. Le regard bleu acéré était rivé au sien.

— A moins que... murmura l'inconnue comme pour elle-même.

Sa bouche s'étira en un rictus désagréable.

— Trop parler nuit, ajouta-t-elle lentement.

— Ecoutez, commença Emma, exaspérée, je n'ai pas la moindre idée de ce...

— Aucune importance, trancha la jeune femme. A l'avenir, faites attention à l'endroit où vous jetez vos ordures.

Et elle disparut.

— C'est Amanda Craig, déclara tranquillement Tracy. Elle habite à Queen's Daumaury.

Emma la regarda avec intérêt. Elle connaissait de nom cette splendide propriété fréquemment présentée dans les magazines spécialisés comme l'exemple parfait du manoir anglais. Elle appartenait à Léon Daumaury, le milliardaire des finances, qui y vivait reclus, fuyant la publicité si farouchement qu'il l'attirait immanquablement. Amanda Craig était-elle une parente, sa dame de compagnie ? Son élégance coûteuse rendait ces deux hypothèses également plausibles. Mais à quel titre s'intéressait-elle à Ross, et que signifiaient ces mystérieuses mises en garde ?

Donna s'était faufilée sous la barrière et courait de toute la vitesse de ses petites jambes en direction du bois auquel la maison était adossée.

— En avant ! Tous à la poursuite de Donna ! s'écria joyeusement Emma.

A mi-pente, elle se retourna pour contempler le cottage. Sous l'épais toit de chaume, les murs bas saillaient ici et là, mais semblaient devoir résister éternellement aux assauts du temps. Les fenêtres à croisillons de plomb miroitaient au soleil matinal, et la pierre disparaissait presque sous une profusion de roses trémières multicolores.

— On dirait la chaumière des Trois Ours, observa Emma à l'attention de Donna.

Le bébé gloussa, ravi.

Le sous-bois retentissait de chants d'oiseaux. Les écureuils bondissaient gracieusement d'un tronc à l'autre, s'activant à compléter leurs réserves pour l'hiver. Les enfants les imitaient, ramassant à chaque pas des glands et des marrons luisants dans l'herbe mouillée. A leur approche, un magnifique geai d'un bleu électrique s'élança avec un cri rauque, et provoqua une exclamation d'émerveillement unanime.

De l'autre côté de la colline, ils empruntèrent un chemin creux bordé de haies couvertes de mûres.

— Je peux en manger, Emma ? demanda Robin, les yeux brillants de convoitise.

— Oui, mais il faut toujours demander d'abord. Je suis sûre que maman te l'a déjà dit.

Donna opina du chef avec un sérieux comique.

Ils longeaient à présent un vaste jardin bien entretenu, qui entourait une auberbe blanchie à la chaux. Comme ils passaient devant la porte, une forte femme aux cheveux grisonnants sortit, serrant sous son bras plantureux un lourd panier rempli de linge.

— Madame Pat ! appela Tracy en s'élançant à sa rencontre.

— Par exemple ! Mais c'est notre Tracy... Te voilà bien grandie, ma poupée ! Un vrai poulain !

Elle posa son fardeau à terre pour cueillir Donna, qu'elle gratifia d'un baiser sonore.

— Jolie comme un cœur, ce bout de chou ! Et

voilà Robin. Ma parole, la dernière fois que je t'ai vu, tu n'étais pas plus haut que trois pommes !

— J'ai quatre ans, l'informa le garçonnet d'un ton de pitié polie.

— Tu es un vrai petit homme, alors !

Le visage coloré de Mme Pat se plissa en un clin d'œil malicieux.

— Tout le portrait de son oncle à son âge, celui-ci ! dit-elle à l'attention d'Emma.

Celle-ci regarda Robin, subitement rêveuse. Voilà qui éclairait bien des choses...

— Entrez donc prendre une tasse de thé ! invita la brave femme avec un large sourire. La bouilloire est sur le feu... comme toujours, d'ailleurs !

C'était vrai. Son sifflement accueillant remplissait l'immense cuisine inondée de lumière dans laquelle ils pénétrèrent, réveillant un chaton roulé en boule devant une imposante cuisinière à charbon. Trois hautes fenêtres donnaient sur la campagne environnante. Il faisait frais, et l'air embaumait le pain chaud.

Un instant plus tard, les enfants avaient pris place autour d'une longue table et dévoraient à belles dents une brioche toute dorée, puisant avidement dans un pot de confiture.

Mme Pat leur servit du lait de ses vaches, et remplit une grosse théière ventrue couleur châtaigne. Elle eut un petit rire sonore lorsqu'Emma lui raconta comment elle s'était retrouvée à la tête de ces trois petits ogres.

— Sûr que Ross ne doit pas être content !

— Il est furieux, affirma la jeune femme. Il veut absolument nous trouver un chaperon !

— Ça, ça ne m'étonne pas de lui !

— Je trouve cela un peu... vieux jeu, à notre époque, hasarda Emma.

— Ma foi, on ne perd rien à être prudent. Mais

parlez-moi un peu de vous, mon petit, demanda Mme Pat en l'observant attentivement. Vous venez de Londres, n'est-ce pas ?

Au cours d'un interrogatoire discret, elle l'amena insensiblement à lui livrer tous les détails de sa vie et de son passé. Emma s'entendit lui relater son récent échec sentimental, combien elle avait souffert et comment elle avait finalement décidé de s'enfuir pour laisser la place à Fanny...

— Dans un sens, je me réjouis presque de ce malheureux accident, conclut-elle avec une grimace. Il s'est passé tant de choses que j'ai oublié Guy.

Elle avait prononcé ces paroles sans y penser, mais elle découvrait brusquement qu'en effet, son chagrin était déjà moins vif, et elle l'évoquait avec plus de détachement...

Des piaillements retentissants attirèrent l'attention des enfants, qui se précipitèrent à la fenêtre. Dans la cour, un régiment de poules gloussantes et caquetantes se jetait sur la nourriture que distribuait une grande femme aux cheveux blancs.

— Ma sœur Edie, soupira Mme Pat. Oh, elle est brave, et dure à l'ouvrage... elle travaille comme quatre ! Mais elle est un peu... un peu lente, si vous voulez.

Elle hocha la tête tristement.

— Peut-être pourrait-elle vous aider au cottage ? suggéra-t-elle soudain. Ross ne le lui demanderait pas lui-même, parce qu'il sait bien qu'elle a une peur bleue des hommes. Voyez-vous, elle ne s'est jamais mariée, mais elle adore les enfants. Elle serait tellement heureuse d'être avec eux...

Emma remarqua le regard anxieux qu'Edie lança vers la maison lorsque les enfants accoururent pour la supplier de les laisser terminer son travail.

— Elle croit que Ross est ici, expliqua Mme Pat.

Elles virent Tracy dire quelques mots à la vieille

demoiselle, qui se détendit instantanément. Elle confia une poignée de grain à Donna, qui l'éparpilla sauvagement, hurlant de joie quand les poules se le disputèrent dans un grand bruit d'ailes. Edie riait aussi, et Emma fut touchée par leur ressemblance, à cet instant précis, en dépit des années qui les séparaient.

Un peu plus tard, elle se glissa timidement dans la cuisine et jeta un coup d'œil furtif en direction d'Emma. Une expression un peu égarée flottait sur son visage affable, mais elle était éclatante de santé. Lorsqu'ils se posaient sur Donna, une lueur de profonde tendresse passait dans ses grands yeux bleus, et elle s'enhardit enfin à lui donner un biscuit. Sa main brune toute ridée hésita avant d'effleurer la joue rebondie du bébé d'une caresse infiniment émouvante.

— Ils ont besoin de quelqu'un là-haut, lui dit gentiment sa sœur. J'ai pensé que tu voudrais peut-être y aller.

Cette idée parut alarmer Edie.

— Je vous en prie, acceptez, renchérit doucement Emma. Les enfants seraient ravis ; n'est-ce pas, Donna ? ajouta-t-elle en poussant légèrement la fillette dans le dos.

Celle-ci s'avança avec un sourire enjôleur et se hissa sur les genoux de la vieille femme.

— Oui, dit-elle en levant sur elle un regard fervent.

Radieuse tout à coup, Edie prit une de ses boucles soyeuses, qu'elle enroula autour de son doigt malhabile.

— Peut-être que je voudrais bien, dit-elle de sa voix à l'accent traînant.

Sur le chemin du retour, elle tenait Donna par la main, réglant son pas sur le trottinement du bébé, qui gazouillait avec volubilité. Robin s'entraînait à manier un bâton fourchu avec lequel il se proposait, disait-il, de capturer des serpents, et Emma fermait la marche en compagnie de Tracy. La fillette parlait de son père, qui lui manquait apparemment beaucoup, et la jeune fille eut l'impression qu'elle était secrètement angoissée par la dispersion brutale de sa famille, malgré ses dehors de meneuse de groupe.

Dans la cuisine, Ross ouvrait et refermait à grand bruit les placards, le front orageux.

— Peut-on savoir où vous étiez ? explosa-t-il en les apercevant.

— S'il vous plaît, Edie, pouvez-vous emmener les enfants se laver les mains à la salle de bains ? dit Emma très calmement en voyant la pauvre femme devenir blanche comme un linge.

Celle-ci s'empressa d'obéir. Ross la suivit des yeux en haussant les sourcils.

— Qu'est-ce que cette femme fait ici ? A propos, je nous ai trouvé un chaperon... elle sera là d'un instant à l'autre, annonça-t-il sèchement.

— Me voilà, mon chéri, dit une voix suave derrière eux.

Avant même de se retourner, Emma avait deviné à qui elle appartenait. Sur le seuil, la blonde Amanda Craig la toisait d'un air hautain, un sourire à peine esquissé étirant ses lèvres dures.

— Voilà qui est bien embarrassant, hasarda Emma d'une voix mal assurée. J'ai engagé quelqu'un, moi aussi !

— Quel toupet invraisemblable ! s'exclama Amanda. Vous n'êtes pas chez vous, il me semble ! Je vais monter mes affaires dans ma chambre, Ross, poursuivit-elle fermement.

Celui-ci, l'ignorant, se tourna vers Emma.

— Comment avez-vous réussi à convaincre Edie de venir ? Je la terrifie !

Amanda émit un ricanement cinglant de mépris et haussa ses épaules sculpturales.

— Cette simple d'esprit ? jeta-t-elle. Riche idée, en vérité. Elle n'est bonne à rien !

Elle se dirigea résolument vers la porte.

— Je vais la renvoyer, déclara-t-elle d'un ton tranchant.

— Non ! cria Emma malgré elle.

Si quelqu'un devait le faire, c'était elle, et elle seule. La rupture de leur accord, dont la responsabilité lui revenait entièrement, risquait de peiner Edie, et elle tenait à la lui annoncer avec ménagement. De plus, Amanda avait une façon tellement acerbe d'aborder les gens, qu'elle ne manquerait pas de blesser profondément la vieille femme.

— Non, renchérit à son tour Ross. Cet arrangement me paraît beaucoup plus satisfaisant.

— Que le nôtre ? grinça Amanda, les narines frémissantes de colère.

Son beau visage s'était empourpré violemment.

— Tu laisserais l'innocente du village s'occuper des enfants de Judith ? continua-t-elle, cassante.

— Mme Pat serait sans doute très vexée d'apprendre que je t'ai ouvertement préférée à sa sœur, avança Ross, diplomate. Et je ne peux pas me permettre de me brouiller avec elle.

— Ne sois pas ridicule ! siffla Amanda.

Ross la fixa froidement, sans un mot. Elle baissa les yeux et se mordit les lèvres.

— Moi qui me réjouissais tellement de faire connaissance avec ces petits, reprit-elle d'une voix mielleuse. Tu disais toi-même que nous ne pouvions pas rester indéfiniment des étrangers...

Elle lui lança un coup d'œil furtif.

— Tu ne prends tout de même pas cette pauvre femme stupide au sérieux ? ajouta-t-elle.

— Elle fera très bien l'affaire, répliqua-t-il posément. Elle adore les enfants, elle me craint tellement qu'elle me laissera en paix... Bref, elle me fera grâce des complications.

Amanda se raidit, et lui lança un long regard de reine offensée. Emma eut brusquement pitié d'elle. Bien que la jeune femme ne lui soit pas très sympathique, elle voyait clairement ce que cette dernière remarque avait d'insultant pour elle, et le coup avait porté.

Les yeux de saphir dardaient sur elle un regard haineux.

— Très bien, dit Amanda d'un ton pincé. Si telle est ta décision, Ross, je m'en vais.

Les mains sur les hanches, il lui tournait presque le dos, affectant de s'absorber dans la contemplation du ciel.

— Il va pleuvoir, dit-il d'un ton détaché. Tu ferais bien de te dépêcher de rentrer. Merci tout de même.

La jeune femme regarda son profil indifférent, le visage neutre d'Emma, tourna les talons dignement et sortit en claquant la porte.

— Vous vous êtes montré un peu cavalier, commenta Emma sur un ton où perçait le reproche.

Il lui fit face, les sourcils froncés.

— Qu'est-ce qui vous autorise à vous mêler de cela ?

— L'humanisme le plus élémentaire, lança-t-elle avec fougue.

— Voilà un bien grand mot pour une petite fille, s'esclaffa-t-il.

Suffoquée d'indignation, elle faillit taper du pied, et se contrôla de justesse. Elle ne ferait que renforcer encore son sentiment de supériorité...

Il la dévisageait avec une expression narquoise.

— En tout cas, vous avez eu un éclair de génie en faisant appel à Edie, dit-il, radouci. J'étais très contrarié de laisser Amanda mettre les pieds dans cette maison. Autant introduire le loup dans la bergerie...

Elle le regarda sans comprendre.

— Voilà des mois qu'elle essaie de pénétrer chez moi, ajouta-t-il.

Emma se sentit submergée par un mépris sans bornes.

— Quelle prétention ! lança-t-elle.

— Oh, je n'en tire aucune conclusion sur les charmes de ma personne, répliqua-t-il avec un rictus amer. Je ne me crois pas irrésistible.

Cette repartie inattendue la prit au dépourvu. Perplexe, elle leva les yeux sur lui et rencontra son regard inquisiteur qui la détaillait.

— Votre visage est comme l'eau d'un puits, dit-il avec un étrange sourire. Limpide et sans malice.

— Vous croyez sans doute me faire un compliment ? rétorqua-t-elle sèchement.

— Pour moi, c'en est un. Je suis fatigué des masques.

Ses traits s'étaient brutalement durcis sous l'effet d'une colère contenue, dont elle ne saisissait pas l'objet, mais qui l'intriguait. Pourquoi croyait-il donc qu'Amanda voulait à tout prix s'introduire sous son toit, sinon parce qu'elle était amoureuse de lui ?

3

— Je dois faire quelques emplettes, annonça Emma le lendemain au petit déjeuner. Je suppose qu'il n'y a pas de commerçants au village ?

— Mme Pat vend un peu de tout, répondit Ross. Mais si les enfants sont prêts quand je partirai pour la clinique, je peux vous conduire à Dorchester. Vous y passerez la journée. Le musée d'art populaire est très intéressant.

— Quelle bonne idée, s'écria-t-elle, enthousiaste. J'en profiterai pour faire quelques esquisses.

Il la détailla rapidement de ses yeux gris.

— Vous devez être une artiste remarquable, pour que l'on vous confie une telle commande...

— C'est un coup de chance, vraiment, dit-elle en haussant les épaules.

— Et modeste, de surcroît.

— Non, honnête, rectifia-t-elle sérieusement. Je suis compétente, voilà tout. De toute façon, le talent suffit rarement à assurer à lui seul la réussite professionnelle.

— Vous aimez votre travail ?

— Enormément.

Elle finit de débarrasser la table et appela les enfants qui jouaient au jardin.

— Vite, préparez-vous ! Nous allons à Dorchester avec votre oncle.

— Je m'occupe de Donna, déclara Tracy en prenant sa sœur par la main et en l'entraînant impérativement à sa suite.

Celle-ci eut une mimique de résignation comique.

— Continuerez-vous à travailler après votre mariage ? reprit Ross d'un ton détaché. C'est chose courante chez les jeunes femmes modernes.

— Et vous réprouvez, naturellement ? lança Emma.

Elle se souvenait des confidences de Judith à son propos, et se sentait prête à s'enflammer.

— Tant qu'il n'y a pas d'enfants, je ne vois pas pourquoi la femme ne contribuerait pas au revenu du ménage, poursuivit-elle avec passion. Pensez-vous qu'un seul salaire suffise à l'achat d'une maison, à son ameublement ?

— Vous m'avez déjà jugé, à ce que je vois.

— D'après votre sœur...

— Oh, ma sœur... coupa-t-il en se rembrunissant. Ne croyez pas tout ce qu'elle raconte à mon sujet. Nous ne nous sommes jamais vraiment entendus, tous les deux.

Les enfants firent irruption dans la pièce, Robin en tête, son manteau boutonné de travers.

— C'est Tracy, ronchonna-t-il tandis qu'Emma le rajustait. Je lui ai dit qu'elle se trompait, mais elle n'a pas voulu m'écouter.

Sa sœur blêmit de rage sous cette attaque déloyale.

— Ce monde est ingrat, n'est-ce pas, lui dit Ross vivement.

Il l'avait prise par la main et lui souriait avec tant de gentillesse qu'Emma en ressentit un absurde pincement de jalousie. Ce charme aussi éblouissant qu'insoupçonné ne lui avait encore jamais été destiné !

Après un regard triomphal à l'adresse de son frère, la fillette rendit son sourire à son oncle, découvrant un interstice charmant parmi ses quenottes.

— Regarde, oncle Ross, j'ai perdu une dent cette nuit.

— Tu l'as mise sous ton oreiller ?

— Oui, intervint Robin d'une voix sonore, et la souris ferait bien de laisser au moins un franc, parce que tout augmente, de nos jours.

Son intonation sentencieuse ne laissait aucun doute sur l'origine de cette préoccupation inattendue.

— Fichtre ! Espérons que la souris peut faire face à l'inflation ! déclara Ross en gardant tant bien que mal son sérieux. Quand j'avais votre âge, trente centimes semblaient une fortune !

Robin le considéra avec une condescendance apitoyée.

— Tu dois avoir au moins cent ans !

— J'ai parfois l'impression d'être vieux, mon garçon, mais il s'en faut quand même de beaucoup !

Au prix de quelques chamailleries, les enfants s'entassèrent sur la banquette arrière, et Emma prit place à côté de Ross. Afin d'éviter les embouteillages, il emprunta des routes secondaires, qui coupaient à travers une campagne verdoyante.

— Ces prairies sont d'excellents pâturages, expliqua-t-il à Emma. Sur ces plateaux, là-bas, le mouton est roi. Il y en a jusque devant Maiden Castle !

— L'ancien fort ? Oh, je voudrais tellement le visiter ! s'écria-t-elle vivement. Peut-on s'y rendre facilement en car ?

— Si j'ai un moment libre dans l'après-midi, je vous y emmènerai en voiture, dit-il. J'y vais souvent manger quelques sandwiches à l'heure du déjeuner.

— Il date de l'Age de Fer, n'est-ce pas ?

— C'est exact. Il avait été conçu comme une série

de murailles concentriques, avec seulement quelques portes gardées par des vigiles. En cas d'attaque, on regroupait les femmes et les enfants au centre, l'endroit le plus sûr. Pour repousser les assaillants, il suffisait de leur jeter quelques rochers du haut des remparts. Si l'un d'eux cédait, on se retranchait dans le suivant, et ainsi de suite. C'était une forteresse imprenable.

— Jusqu'à l'arrivée des Romains, objecta-t-elle.

— C'est toujours la technologie la plus avancée qui assure la victoire. Les Romains connaissaient l'usage de la catapulte, ce qui leur a permis d'expédier leurs projectiles tout en restant hors de portée de ceux des Anglais. Ceux-ci ont été exterminés avant même l'assaut final.

— Dire que ce n'est plus qu'une ruine déserte au milieu d'un champ, soupira Emma, nostalgique. Hardy y voyait un témoignage pathétique du passé.

— Parce qu'il était d'une nature mélancolique, voilà tout, répliqua Ross. Pourquoi regretter le passé ? La vie est infiniment plus facile de nos jours, et Hardy aurait dû suivre la mode de son époque : le positivisme !

La jeune femme fut frappée par la fermeté de son intonation.

— Vous êtes un optimiste, vous, bien sûr ! lança-t-elle d'une voix un peu acide.

Il eut un petit sourire ironique.

— Certainement. La vie est bien assez courte...

Ils s'engageaient maintenant sur le pont qui enjambait la rivière à l'entrée de Dorchester.

— Grey's Bridge, annonça Ross. La ville le doit à une riche famille des environs. A l'époque de sa construction au XIXe siècle, une plaque de bronze avertissait le voyageur que tout acte de vandalisme serait puni de la déportation à vie.

— On ne plaisantait pas, en ce temps-là ! murmura Emma en frissonnant.

— Quand on voit les atrocités commises par les voyous, on se prend à souhaiter qu'il y ait encore quelques bons châtiments comme celui-là, bougonna Ross. Hier, il m'a fallu abattre un chien que des garnements avaient blessé à coups de pierre. Si j'avais pu mettre la main sur eux, je les aurais corrigés, je vous l'assure !

Devant ses mâchoires serrées, elle comprit qu'il parlait sérieusement.

— C'est horrible, en effet, affirma-t-elle.

Elle l'observa du coin de l'œil.

— J'ai remarqué que vous n'aviez qu'un chat...

— J'avais un chien, un épagneul, répondit-il, brusquement assombri. Il a été écrasé devant ma porte, par un abruti en voiture de sport, qui l'a tué sur le coup. Au moins, il n'a pas souffert, c'est bien ma seule consolation...

Il se gara devant une vieille bâtisse tapie sous un toit d'ardoises moussues, et se retourna vers les enfants surexcités.

— Vous voulez visiter la clinique ?

Une jeune femme en pantalon de toile surgit sur le perron et leur sourit à travers la vitre du véhicule.

— Mais qui voilà ? s'exclama-t-elle avec une joie sincère. Vous êtes en vacances chez votre oncle, mes chéris ? Hello, Tracy ! Tu te souviens de moi ? Grand Dieu, mais tu as pris au moins cinq centimètres ! Mon Tommy va être mort de jalousie.

Sans reprendre haleine, elle se pencha à la portière d'Emma.

— Vous êtes la gouvernante, sans doute ? Je suis Chloé Bellent, mon mari est l'associé de Ross.

— Pour l'amour du Ciel, Chloé, prenez le temps de respirer, railla Ross gentiment. Je vous présente

Emma Leigh, qui n'est pas gouvernante, mais artiste, et lancée sur la piste de Thomas Hardy.

— Encore lui ! Personne ne viendra donc jamais à Dorchester pour autre chose ? Entrez boire un café, Emma.

Sa voix haut perchée s'enfla en un roulement assourdissant.

— Tommy ! Todd ! Venez voir qui est là ! tonitrua-t-elle à la cantonade.

Deux petits garçons en salopette identique arrivèrent à toutes jambes, blonds et joufflus, sympathiques modèles réduits de leur mère.

— Venez, on va faire des tours dans la brouette, proposèrent-ils en chœur.

Leurs nouveaux camarades ne se le firent pas dire deux fois, et la petite troupe s'évanouit en babillant avec cette aisance spontanée des enfants que les adultes leur envient.

Chloé sourit à Ross.

— Rejoignez-nous quand vous aurez fini, dit-elle. Je prends soin d'Emma.

Il leur lança tour à tour un regard indéchiffrable.

— Je vous fais confiance, lâcha-t-il avant de s'éloigner.

— Vous avez entendu la façon dont il a dit cela, dit Chloé à Emma quand il eut disparu. D'un ton vaguement sardonique, vous ne trouvez pas ?

Tout en parlant, elle l'entraînait à l'intérieur.

— Il vous donne du fil à retordre ? poursuivit-elle en la regardant d'un air espiègle. Vous savez, il est un peu fâché avec les femmes... célibataires, évidemment !

Elle lui adressa un clin d'œil complice.

— Moi, je suis la femme d'Edward, je suis tranquille ! Et je me demande qui pourrait préférer Ross à mon mari !

Dans son domaine, la cuisine, elle sortit une boîte

de biscuits et disposa des tasses qu'elle remplit d'un délicieux café à l'arôme subtil, puis elle écouta attentivement Emma qui racontait une fois de plus son épopée.

— Ross a de la chance que vous soyez capable de vous débrouiller avec les enfants de sa sœur ! commenta-t-elle simplement.

— Pourtant, au début, il ne voulait même pas de moi ! dit Emma.

— C'est bien compréhensible, répondit Chloé.

Emma fut interloquée. La jeune femme avait émis ce jugement le plus naturellement du monde, comme si elle énonçait une évidence !

— Vous n'êtes pas au courant ? reprit celle-ci en remarquant son expression. Dans ce cas, il vaut mieux que je me taise...

Emma se sentit perdre patience.

— Il y a de quoi devenir folle, à la fin ! Ce n'est quand même pas Barbe-Bleue !

Cette explosion parut mettre Chloé en joie.

— Grand Dieu, non ! s'esclaffa-t-elle. Pauvre Ross ! D'où vous vient cette idée saugrenue ?

— Tout le monde y va de sa petite allusion, mais personne ne veut rien me dire, rétorqua Emma, vexée. Quand il ne reste plus que l'imagination...

Cette conversation fut interrompue par cinq joyeux drilles qui s'abattirent sur elles comme un essaim de sauterelles. Chloé leur servit de la limonade et de délicieux sablés qu'elle avait confectionnés elle-même.

— On a fait la course, et c'est moi qui ai gagné, annonça fièrement Robin.

Donna s'appuya contre la robe d'Emma. Elle se taisait, mais son petit minois tout barbouillé exprimait un bonheur intense.

— Laissez-les donc ici pendant que vous faites vos courses, suggéra Chloé. J'ai l'habitude, les miens ont de la visite du matin au soir, ça ne me dérangera pas du tout ! Vous déjeunerez ici, par la même occasion. Je ferai une seconde tarte aux pommes, et le tour sera joué ! Vous aimez la tarte aux pommes, enfants ?

Un hurlement d'approbation unanime lui répondit.

— Voilà qui est réglé, conclut-elle.

— Vous êtes vraiment très gentille, dit Emma la trouvant de plus en plus sympathique.

— J'adore les invités, ça rend la vie tellement plus intéressante, répondit Chloé.

Tandis que les jeunes femmes bavardaient de choses et d'autres, les enfants expédièrent leur collation, puis s'envolèrent de nouveau en un exode bruyant. Un instant plus tard, Ross arriva, suivi d'Edward Bellent. Quand Emma se retourna pour le saluer, elle se trouva face à l'homme le plus séduisant qu'elle ait jamais rencontré. Son expression incrédule divertit Chloé au plus haut point, mais embarrassa beaucoup son mari, qui lui tendit la main, rouge de confusion.

— Vous êtes Emma... Ross m'a déjà dit tout ce qu'il sait de vous.

Grand, aussi blond que sa femme, il posait sur elle des yeux clairs sous de longs cils sombres, et ses pommettes hautes accentuaient encore l'ossature énergique de son visage légèrement hâlé. Doté d'un tel physique de jeune premier, il aurait pu se montrer aussi prétentieux que superficiel, mais il semblait au contraire assez timide, et sa voix feutrée avait un accent chaleureux.

Le sourire d'excuses qu'il adressa à sa femme en lui refusant une tasse de café rayonnait d'une tendresse émouvante.

— Il faut que je courre chez Mme Fry, son caniche a une pneumonie, dit-il.

Il lui adressa un clin d'œil malicieux.

— D'après elle ! Moi, je diagnostique un petit rhume, ajouta-t-il en riant. La pauvre n'a jamais eu d'enfants, c'est bien triste...

— Pas pour eux ! lança Ross avec humour. Songe un peu à la vie qu'ils auraient menée avec une pareille mère-poule ! Cette femme est une hystérique !

— Elle est sans doute très seule, intervint Emma, indignée. Les femmes ont besoin d'aimer.

Les yeux gris se firent narquois.

— Vraiment ?

Edward embrassa sa femme et disparut.

— Je me sauve, moi aussi, soupira Ross. J'ai des visites à faire.

— Vous déjeunez ici, l'informa Chloé. Tout est arrangé.

— Encore un complot féminin... ironisa-t-il avec un regard cependant amical. Merci, Chloé. A propos, Edward m'a donné mon après-midi pour emmener Emma à Maiden Castle.

— Je garderai les enfants, promit Chloé. Prenez tout votre temps, surtout.

Elle se tourna vers la jeune fille.

— Nous avons les plus beaux paysages de toute l'Angleterre, dit-elle en se rengorgeant.

Après le départ de Ross, Emma accompagna Chloé à la clinique. Les animaux dormaient, pour la plupart convalescents, mais quelques-uns gémirent en les voyant, et un jeune chiot Labrador se mit à aboyer désespérément pour attirer leur attention. Attendrie, Emma s'agenouilla devant sa cage et prit la patte soyeuse qu'il tendait à travers le grillage.

— Qu'est-ce qu'il a ? Il semble se porter à merveille !

Chloé regardait une chatte siamoise qui, couchée sur le flanc, respirait faiblement, de larges points de suture visibles sur le ventre.

— Elle vient d'être opérée, expliqua Chloé. Demain, elle sera presque complètement rétablie. Les animaux guérissent à une vitesse incroyable, et demandent beaucoup moins de soins que les humains.

— Pourtant, je les trouve infiniment plus émouvants, observa Emma. Ils sont si désarmés devant la douleur ! On ne peut pas leur expliquer pourquoi ils souffrent, ni les rassurer, comme on le fait pour les hommes... Si seulement ils pouvaient parler !

— Il y en a qui ne s'en privent pas, malheureusement ! répliqua Chloé d'un air lugubre.

Elle ouvrit une porte au fond de la pièce et immédiatement, une voix rauque retentit à leurs oreilles.

— Salut, beauté ! Ça va ?

Du haut de son perchoir, un superbe perroquet du Gabon gris et vert les observait d'un œil rond, la tête penchée de côté.

— Il est à vous ? demanda Emma en riant.

— C'est mon oncle Bill qui me l'a généreusement légué, grimaça Chloé. A sa mort, je me suis sentie obligée de respecter ses dernières volontés, mais c'est une véritable calamité. Il s'appelle Fanfaron, et Todd et Tommy en sont fous. Evidemment ! Avec les horreurs qu'il leur apprend... Je tremble toujours à l'idée qu'ils les répètent devant les clients.

Elle tendit une cacahuète à Fanfaron, qui s'en empara d'une griffe preste et l'inspecta avec circonspection.

— Chouette, une noix ! commenta-t-il. Casse-noisette casse-noisette !

Les enfants arrivèrent juste à temps pour le voir la décortiquer habilement. Enthousiastes, ils s'attroupèrent autour de l'oiseau qui, flatté par ce public inespéré, se lança dans un répertoire haut en couleurs, illustrant brillamment combien les craintes de

Chloé étaient justifiées. Alarmée, Emma chassa vivement les enfants au jardin, avec l'ordre d'y jouer sagement pendant qu'elle partait en courses.

— Je peux venir ? implora Tracy.

La permission lui fut accordée de bonne grâce, et elles se rendirent à Dorchester, petite ville qui avait conservé tout son caractère. Emma flânait au hasard des rues, ravie de reconnaître tant de lieux immortalisés par son auteur favori, mais sa jeune compagne s'arrêtait à chaque vitrine, impatiente de dépenser quelques piécettes d'argent de poche.

— Je crois que je vais m'acheter un livre, déclara-t-elle après maintes hésitations.

Elle sélectionna soigneusement un livre d'aventure, auquel Emma, par souci d'égalité, joignit un album de coloriages pour Donna et un recueil de contes pour son frère.

— Robin n'aime que les histoires de voitures, l'avertit Tracy d'un ton méprisant.

— Je suis sûre qu'il appréciera beaucoup le Petit Poucet, répondit Emma sans s'émouvoir.

Avant de quitter la ville, Emma fit une courte visite au musée, qui abritait une reconstitution de l'étude de Thomas Hardy et de splendides spécimens du mobilier de son époque. Elle y admira également des pièces et des bibelots romains, que des fouilles récentes avaient mis à jour. Au bout de quelques minutes, Tracy s'impatienta et commença à s'agiter nerveusement.

— On rentre ? lui demanda Emma, compatissante.

La fillette, qui piaffait d'impatience, acquiesça avec un empressement non dissimulé.

Ross et Edward, de retour eux aussi, attendaient visiblement le déjeuner, qui s'annonçait délicieux à en juger par l'odeur exquise qui flottait dans toute la maison. Tout le monde passa à table, sur l'invitation de Chloé qui s'était surpassée. Le repas, somptueux, fut rapidement englouti par une horde affamée, et se termina en apothéose sur les tartes promises, croustillantes et savoureuses.

— Hummmm... s'extasia Robin avec une mine de gourmet réjoui. Je t'aime bien, tante Chloé !

La vénération sincère qui vibrait dans sa voix suscita l'hilarité générale.

— C'est réciproque, mon cher Robin, répondit-elle gentiment. Confidence pour confidence, j'aime les petits garçons qui rendent hommage à ma cuisine.

Ross repoussa son assiette vide avec un soupir satisfait.

— Après un tel festin, je n'aurai jamais le courage d'escalader le rocher de Maiden Castle, geignit-il.

— Puisque tu vas dans cette direction, peux-tu faire un saut chez Joe Wing ? s'enquit Edward. Son cheval boîte à nouveau.

Ross leva les yeux au ciel et hocha la tête.

— Je ne pouvais pas m'en tirer à si bon compte... grogna-t-il.

Après le café, ils partirent pour Maiden Castle. Visible de très loin sur son promontoire en campagne rase, avec ses murs couverts d'herbes folles, il se déployait sur plusieurs kilomètres de long et une bonne dizaine de mètres de haut par endroits.

— Il devait être encore plus imposant au moment de sa construction, remarqua Emma. En deux mille ans, les intempéries l'ont certainement considérablement attaqué.

— Vous avez raison, dit Ross en arrêtant sur elle un regard intrigué. Je n'y avais jamais songé.

Au terme d'un sentier cahoteux, ils débouchèrent sur une vaste esplanade aménagée en parking, où ils abandonnèrent la voiture pour se lancer hardiment sur les pas des nombreux touristes qui gravissaient la piste par laquelle on accédait au fort.

La pente était escarpée, mais un petit vent leur rafraîchissait agréablement le visage, ramenant cette brève ascension à un peu d'exercice somme toute appréciable. Tout autour d'eux, les fameux moutons broutaient une herbe grasse avec une concentration vorace.

Parvenus dans l'enceinte du château, ils se penchèrent aux meurtrières pour admirer le magnifique paysage qui s'étendait à leurs pieds.

— Quel merveilleux point de vue ! s'écria Emma.

Ross acquiesça d'un signe de tête.

— On a l'impression de toucher le passé du doigt, murmura-t-il.

Emma frissonna.

— Avec un peu d'imagination, on pourrait entendre des lamentations funèbres au-dessus de ces remparts...

— C'est le vent, petite fille, répondit Ross avec un sourire indulgent.

— Je n'aimerais pas m'y promener seule la nuit, insista Emma. L'atmosphère de cet endroit est encore plus sinistre que celle de la Tour de Londres... Je m'attendrais à voir surgir des fantômes à tout moment !

— Comme les femmes aiment le mystère... railla-t-il, taquin. Je suis désolé de vous presser, mais il faut rentrer. Je dois m'arrêter chez Joe Wing au passage.

Ils redescendirent dans la plaine et rebroussèrent chemin jusqu'à une ferme dont le bâtiment principal présentait une architecture tout à fait incongrue.

— Joe a reconstruit sa maison lui-même après la guerre, expliqua Ross à Emma qui ouvrait de grands yeux. La façade est Tudor, les cheminées Elizabéthaines sont d'origine. Le reste est flambant neuf !

Contournant les communs, ils traversèrent une cour pavée où un petit homme difforme occupé à décharger du foin les salua d'un simple signe de tête.

— Voyons un peu ce cheval, déclara Ross.

Joe Wing fit un seul geste du pouce en direction d'une écurie de laquelle un grand bai cagneux les contemplait avec d'immenses yeux languides. Lorsque Ross y pénétra pour l'examiner, il s'appuya sur lui de tout son poids avec un air absent.

Joe Wing émit un petit gloussement.

— C'est un fameux comédien, ce vaurien-là !

Ross auscultait délicatement la jambe avant de l'animal.

— C'est une petite élongation, je crois. Il a toujours eu les articulations fragiles, n'est-ce pas ?

— Toujours été fainéant, surtout ! répondit le petit homme en crachant de mépris.

— Je ne crois pas qu'il le fasse exprès, tout de même, dit Ross en riant.

— Non ! Pour m'embêter seulement, alors, rétorqua Joe.

Comme elle faisait le tour du propriétaire en attendant la fin de la consultation, Emma remarqua soudain un chat efflanqué qui se déplaçait péniblement, en lançant parfois une patte en cuiller à son museau comme s'il ressentait une douleur intense. Appelant vivement Ross, elle lui montra l'animal, qui se débattit farouchement quand celui-ci le souleva, soufflant et crachant comme une furie.

— Pire qu'un crocodile, celle-ci, maugréa Joe. Toujours dehors, qu'il pleuve ou qu'il neige...

Retournant prestement la petite créature hirsute sur le dos, Ross parvint à grand-peine à lui desserrer les mâchoires, et Emma poussa une exclamation horrifiée en apercevant un hameçon fiché dans son palais.

— C'est ce que je pensais, dit Ross. Pêcheur pêché, hein ?

— Ce n'est pas la première fois, grommela Joe Wing. Ces chats, ils se croient plus malins que tout le monde, à vous arracher le poisson au moment où on le sort de l'eau...

D'un geste précis, Ross extirpa l'hameçon. L'animal, les babines retroussées sous l'effet de la rage et de la souffrance, s'échappa avec des contorsions d'anguille et s'évanouit dans les profondeurs d'une grange obscure.

— Qu'elle guérisse à la grâce de Dieu ! dit Ross en haussant les épaules.

Sa visite terminée, ils retournèrent chercher les enfants à Dorchester.

— Restez prendre le thé avec nous ! offrit Chloé.

— Vous êtes très aimable, mais Edie nous attend, répondit Emma en lui souriant. Merci pour tout ! J'ai passé une journée formidable.

— Revenez-nous vite ! cria encore leur hôtesse tandis que la voiture s'éloignait.

Aux abords du village, ils dépassèrent un vaste parc entouré de hauts murs, qui attira l'attention d'Emma. La grille du portail était ouverte sur une allée majestueuse ombragée de chênes centenaires. Elle allait demander à Ross le nom de ce somptueux domaine quand elle entrevit un manoir à travers les arbres, et reconnut immédiatement Queen's Daumaury, facilement identifiable à son élégance si réputée qu'elle ne pouvait s'y méprendre.

Comme ils négociaient le virage qui le contournait, ils durent se ranger sur le bas-côté de la route pour laisser passer une luxueuse limousine noire qui arrivait en sens inverse, conduite par un chauffeur en livrée. A l'arrière, aux côtés d'un vieil homme très âgé, Emma distingua une tête blonde qui ne lui était plus étrangère.

Amanda se pencha à la vitre pour saluer Ross, qui lui répondit par un bref hochement de tête. Le vieil homme jeta un coup d'œil dans leur direction, puis se détourna sans manifester le moindre intérêt.

« Voilà donc le mystérieux Léon Daumaury », songea Emma, désappointée. Un petit homme rabougri à la tête d'une immense fortune...

— Qui c'est ? demanda Robin avec curiosité.

Avant même que Ross ait pu l'éclairer, la voix dédaigneuse de Tracy résonnait à leurs oreilles.

— Grand-père, idiot.

4

Abasourdie, Emma regarda Ross avec incrédulité, mais il fixait la route droit devant lui, impassible, et remit le moteur en marche avant qu'elle ait pu lui demander ce que Tracy avait voulu dire. Au même moment, Donna poussa un cri pointu et tendit son index minuscule vers le ciel. Le souffle coupé, ils admirèrent tous un magnifique oiseau de nuit qui prenait son vol au-dessus d'une grange, ses immenses ailes nacrées déployées dans le crépuscule embrasé.

— Les chouettes mangent des souris, mais pas leurs pattes ni leurs queues, déclara Robin sentencieusement.

— En effet, elles enveloppent tout ce qu'elles n'aiment pas et le rejettent sous forme de pelote, précisa Ross.

— Bonne idée, approuva le petit garçon. Je voudrais bien pouvoir faire pareil... surtout avec le porridge du petit déjeuner, ajouta-t-il avec un coup d'œil oblique en direction de sa sœur, qui le foudroya du regard.

— Je me demande ce qu'Edie nous réserve pour le dîner ? intervint précipitamment Emma.

— Il y a de la soupe à la tomate, claironna Tracy d'un air important.

— Soupe... répéta Donna. Pour moi.

— Pour tout le monde, sotte, la reprit sa sœur, mordante.

La voiture avait tourné dans le chemin de Rook Cottage, et les protagonistes se turent pour guetter le rai de lumière sous la porte, que Robin aperçut le premier.

— On est arrivés ! chantonna Tracy en dansant joyeusement dans l'allée, ses deux cadets essoufflés sur les talons.

Edie, la mine joviale, les accueillit sur le seuil.

— Vous voilà, mes chérubins ! Rentrez vite, j'ai mis le couvert devant la cheminée.

Après un rapide passage à la salle de bains, ils s'installèrent dans la salle de séjour, et se laissèrent peu à peu pénétrer par la chaleur engourdissante du feu qui crépitait dans l'âtre, tandis que dehors le vent tordait rageusement les arbres et ébranlait le heurtoir de cuivre.

Quand Ross redescendit quelques minutes plus tard, vêtu d'un ample pull-over de laine tête-de-nègre, un silence comblé régnait sur la petite assemblée. Les enfants mangeaient tranquillement, leurs grands yeux gourmands se posant alternativement sur la quiche appétissante qui trônait au centre de la table et sur leurs assiettes fumantes. Emma s'était changée, elle aussi, sans prendre la peine de se maquiller, et le reflet des flammes sur sa peau lisse et fraîche comme celle de Donna rivalisait avec l'éclat de ses yeux bruns rêveurs.

Ross restait appuyé au chambranle de la porte, les bras croisés sur la poitrine, l'air sombre. Au sourire involontairement radieux qu'Emma lui adressa, son visage étrangement tendu se durçit encore, et il fronça les sourcils. Que s'était-il donc passé ?

— Venez manger avant que ça refroidisse, lui dit-elle doucement.

Il s'assit enfin, et prit un morceau de pain dans la corbeille que lui présentait Tracy.

— C'est Edie qui l'a fait, l'informa la fillette.

Il s'extasia sur sa texture et son goût remarquables, conscient des regards du trio, suspendu à ses lèvres dans l'attente anxieuse de son jugement. Les enfants, satisfaits, reprirent leur repas. Edie était décidément une de leurs idoles les plus prestigieuses.

Celle-ci, l'heure du coucher des enfants étant arrivée, implora la faveur de superviser leur bain et de lire l'histoire du soir, ce qui lui fut accordé de bonne grâce.

Emma débarrassa la table en compagnie de Ross, qui ne desserra pas les dents, avant de passer au salon, où il la rejoignit bientôt pour remplir une liasse de formulaires administratifs apparemment fort ennuyeux.

Peu après, Edie fit une brève apparition pour leur annoncer qu'elle montait se coucher, et disparut tout aussitôt en ne leur laissant que le temps de lui souhaiter le bonsoir.

Les traits de Ross se détendirent un instant, et une lueur d'amusement s'alluma dans ses yeux gris.

— Elle ne s'habituera jamais à ma présence, je crois ! remarqua-t-il.

Alors qu'Emma se rendait à la buanderie en quête de linge à repriser, le téléphone sonna, et elle y répondit instinctivement. Elle reconnut immédiatement la voix désagréable qui retentit à l'autre bout du fil, et dont l'insolence la hérissa.

— Passez-moi Ross.

Celui-ci s'empara du récepteur en lui lançant un regard si appuyé qu'elle jugea bon de se retirer. En triant les vêtements des enfants, elle constata que le pantalon de Donna était troué au genou et s'installa à la cuisine pour y coudre une pièce, qu'elle découpa dans le revers d'un de ses propres jeans. Elle entendit

Ross monter et redescendre les escaliers quatre à quatre, puis il apparut une seconde sur le seuil, enfilant à la hâte un imperméable sur sa grosse veste de tweed.

— Je dois m'absenter, jeta-t-il sèchement.

Emma leva les yeux et se contenta de hocher la tête. Il avait de nouveau cette expression dure et sardonique, et elle lisait dans son regard glacial comme une accusation. Quel crime avait-elle donc commis, se demandait-elle, et quel était l'objet de cette impérieuse convocation ?

Une demi-heure plus tard, après avoir prudemment disposé le pare-feu, elle monta à son tour. Alors qu'elle s'assurait que les enfants dormaient, Edie passa la tête dans le couloir et murmura un bonsoir plus furtif encore que le premier.

Après un long bain chaud, Emma se mit au lit, mais comme elle n'avait pas sommeil, elle se cala confortablement contre ses oreillers et fit quelques dessins pour sa commande, en s'aidant de cartes postales achetées à Dorchester. La prochaine fois qu'elle irait, elle en profiterait pour travailler sérieusement, se promit-elle en sombrant doucement dans l'inconscience.

Elle fut réveillée en sursaut par un grand bruit dans l'escalier. Ross avait trébuché sur une marche et jurait à voix basse. Il n'avait pas bu, tout de même ? songea-t-elle en jetant un regard au réveil. Deux heures du matin ? En tout cas, Amanda Craig avait d'incontestables pouvoirs de persuasion !

« Qu'il passe la nuit dehors s'il en a envie, se dit-elle en remontant son édredon, c'est lui qui manquera de sommeil, pas moi. »

Le lendemain cependant, elle ne put s'empêcher de donner libre cours à ses sentiments. Edie était descendue aider sa sœur à l'auberge, et, après une longue promenade avec les enfants, Emma avait passé la matinée à la cuisine, confectionnant en plus du déjeuner une tarte avec les mûres qu'ils avaient cueillies dans le bois.

Elle finissait de mettre le couvert quand Ross, qui venait de rendre visite à un fermier voisin, rentra.

— Vous avez déjeuné, j'espère? s'écria-t-elle, visiblement contrariée. Je n'ai que quatre entrecôtes pour nous.

— Je peux aller au restaurant, grogna-t-il en tournant les talons.

— C'est ridicule, lança-t-elle sèchement. Maintenant que vous êtes ici, restez. Mais à l'avenir, prévenez-moi, je déteste être prise au dépourvu.

Elle lui prépara rapidement une omelette, et tout le monde passa à table. La tarte sortit du four saluée par un immense cri de joie, et Ross dégusta sa part avec un plaisir évident.

— J'ai toujours trouvé scandaleux de laisser se perdre tant de baies sauvages. Un matin, ajouta-t-il pour ses neveux, nous irons à la cueillette des champignons, et je vous apprendrai à distinguer les comestibles des vénéneux.

Après ce dessert de roi, les enfants s'envolèrent au jardin, tandis qu'Emma se mettait à la vaisselle. Ross, nonchalamment adossé au buffet, la regardait avec des yeux endormis.

— Je suis épuisé! soupira-t-il en réprimant un bâillement.

— Cela vous étonne?

Il leva un sourcil interrogateur.

— Que voulez-vous insinuer?

— Quand on passe la nuit dehors avec une amie... commença-t-elle d'un ton pincé.

Elle s'interrompit net, regrettant déjà ces paroles maladroites.

— Qu'est-ce qui vous permet de penser cela?

s'enquit-il après un court silence. Vous étiez couchée quand je suis rentré.

— On ne tombe pas dans les escaliers sans réveiller les gens, répliqua-t-elle avec raideur.

— Ecoutez, Miss Leigh, vous êtes ici pour surveiller les enfants de ma sœur, pas moi, dit-il très calmement. Ce que je fais de mon temps ne regarde que moi. Est-ce clair ?

— Parfaitement, souffla-t-elle, les joues brûlantes.

— Très bien.

Il quitta la pièce sans se retourner ; elle entendit la voiture démarrer et s'éloigner. Immobile, les mains dans l'eau, elle eut envie de hurler. Le plus douloureux, c'était qu'il avait raison... Elle s'était conduite comme une pimbêche indiscrète. Apprendrait-elle un jour à tenir sa langue ?

Mme Pat les avait conviés à prendre le thé chez elle, invitation que sa sœur avait transmise timidement mais en pressant Emma d'accepter. Dans l'après-midi, celle-ci descendit donc à l'auberge, accompagnée d'Edie et des enfants sur leur trente et un. Ceux-ci folâtraient gaiement et ne remarquèrent pas la luxueuse limousine désormais familière qui venait à leur rencontre, jusqu'au moment où, parvenue à leur hauteur, elle s'arrêta. Ils s'immobilisèrent, bouche bée, les yeux écarquillés de curiosité, tandis que le vieil homme assis à l'arrière les fixait lui aussi, impassible.

Emma les rejoignit vivement et entoura d'un bras affectueux les frêles épaules de Tracy, qui des trois était celle que cette rencontre risquait d'affecter le plus gravement. La réflexion de la fillette à son frère la veille lui revenait en mémoire, suscitant dans son esprit un flot de questions malheureusement sans réponses. Se pouvait-il vraiment que le célèbre milliardaire fût leur grand-père ? Dans ce cas, leur propre père était le fils du vieil homme. Pourtant, Judith lui avait affirmé que son mari n'avait plus aucun parent en vie... Avait-elle menti, ou tout simplement préféré garder le silence ? Les hommes très fortunés ne toléraient généralement pas que leurs héritiers se marient contre leur assentiment, et devant l'expression de dédain glacial de Sir Daumaury, Emma était convaincue qu'il ne pouvait avoir donné le sien quand son fils avait choisi une femme aussi simple que Judith...

Tracy, le front buté, dévisageait le vieil homme avec une expression rébarbative. Tout à coup, en un éclair fugitif, Emma leur trouva un air de famille, indéfinissable mais néanmoins incontestable, quelque chose dans la forme des yeux, le même menton résolu sous une bouche au dessin ferme... Elle dut faire un effort immense pour réprimer une prodigieuse envie de rire. C'était réellement très comique de les voir s'affronter ainsi du regard, avec une détermination égale, quand plus de soixante ans les séparaient...

Robin détaillait pensivement Léon Daumaury, la tête inclinée de côté.

— Dis, c'est vraiment mon grand-père, Emma ? demanda-t-il de sa petite voix posée.

Comme si ces mots l'avaient affolé, ou irrité, le vieil homme frappa du pommeau de sa canne à la vitre du chauffeur, qui démarra aussitôt, et la voiture s'éloigna rapidement.

La jeune femme regarda Robin, puis Tracy.

— Il faut demander cela à ton oncle, Robin, dit-elle doucement.

— Oncle Ross ne répondra pas, laissa froidement tomber Tracy.

— Pourquoi ? interrogea son frère.

— Parce que, répliqua Tracy d'une voix un peu hésitante.

— Parce que quoi ?

— Parce que ! répéta-t-elle obstinément.

Mme Pat sortit sur le pas de sa porte, avec une expression tellement dégagée qu'Emma la soupçonna immédiatement d'avoir observé toute la scène derrière ses rideaux.

— Venez vite goûter ma charlotte au café, les enfants ! s'écria-t-elle avec un enthousiasme suspect. Il y a du marbré pour les tout-petits.

— Du marbré ? répéta Robin, intrigué.

— Tu verras, ça te plaira, assura Mme Pat en l'entraînant par la main.

Elle fit un clin d'œil à Emma par-dessus son épaule.

— C'est un gros gâteau de toutes les couleurs de l'arc-en-ciel.

Elle n'exagérait pas. Recouvert d'un alléchant glaçage rose, il occupait la place d'honneur sur la desserte, et révéla un intérieur multicolore du plus bel effet. Donna était enchantée, Robin tendit immédiatement son assiette, et Tracy elle-même le couvait d'un regard brillant de convoitise.

Lorsqu'ils furent enfin rassasiés, ils s'égaillèrent au jardin, tandis qu'Emma discutait avec Mme Pat autour d'une seconde tasse de thé. Elle mourait d'envie de la questionner sur l'éventuelle parenté des enfants avec Léon Daumaury, mais son intuition l'avertissait qu'elle n'obtiendrait qu'un silence obstiné. Sa curiosité paraîtrait inconvenante et ne serait pas satisfaite.

D'ailleurs, si Ross et Judith l'avaient estimé nécessaire, ils l'auraient eux-mêmes mise au courant. Or, quand l'occasion s'était présentée la veille, Ross n'en avait rien fait. Il était clair qu'à ses yeux, n'étant pas de la famille, elle n'avait pas à partager leur intimité. Rien que de très compréhensible, en somme…

Ce fut Edie qui remarqua la première l'absence de

Donna. Emma, qui jetait un coup d'œil machinal par la fenêtre, la vit promener autour d'elle un regard affolé, deux enfants désemparés à ses côtés. Deux enfants ? D'un bond, Emma sauta sur ses pieds et se précipita dehors.

— On jouait à cache-cache, et on n'arrive pas à retrouver Donna, haleta Tracy en accourant à sa rencontre.

Edie semblait frappée de panique.

— C'est de ma faute... geignait-elle. Je n'aurais jamais dû la laisser partir toute seule... Une petite mignonne de cet âge !

Sous l'effet de la peur, elle articulait tout à fait distinctement.

— Elle ne peut pas être allée bien loin, objecta Emma d'une voix qui se voulait rassurante.

Et si le bébé, fier d'avoir jusqu'à présent échappé à ses poursuivants, restait immobile, tapie dans sa cachette ? Cette hypothèse la fit frémir. Dans ce cas, elle était si minuscule qu'il serait extrêmement difficile de la découvrir...

Elles se dispersèrent et se mirent à appeler, demandant aux voisins s'ils l'avaient vue, retournant à Rok Cottage, poussant même les recherches jusqu'au bois, bien que sans réel espoir de l'y trouver. A mesure que le temps passait, Edie sombrait dans un désespoir plus profond, Tracy elle-même semblait maintenant inquiète. La nuit ne tarderait pas à tomber, et Emma commençait à se demander s'il ne serait pas plus prudent de prévenir Ross, afin d'organiser une battue.

C'est alors qu'elle l'aperçut. Au beau milieu d'un pré, Donna cueillait des fleurs à pleines mains en se parlant à elle-même, indifférente au reste du monde.

Emma fut soulevée par une vague de soulagement si intense qu'elle ferma les yeux, remerciant ardemment le ciel de la retrouver en vie. Lorsqu'elle les rouvrit, elle discerna tout à coup ce qu'elle n'avait pas encore vu, et crut défaillir de terreur.

A l'autre bout du pré, un imposant taureau au poitrail puissant tournait le dos à l'enfant, absorbé dans la contemplation béate de son bloc de sel.

Emma réfléchit à toute allure. Il ne fallait surtout pas attirer l'attention de l'animal, ce qu'elle ne manquerait pas de faire en appelant Donna. La seule solution, c'était d'aller la chercher elle-même, le plus discrètement possible.

Lentement, la jeune femme enjamba la barrière et entreprit de traverser le pré, à pas comptés, retenant presque sa respiration. Elle était à quelques mètres de l'enfant quand celle-ci, levant les yeux, la vit et poussa une exclamation de bienvenue. Emma secoua vivement la tête et mit un doigt devant sa bouche, pour l'inciter à garder le silence. Mais le visage de Donna s'illumina et elle se mit à rire, convaincue qu'il s'agissait là d'un nouveau jeu. Sans hésiter, la jeune fille l'enleva dans ses bras, tourna les talons et rebroussa chemin.

Elles étaient encore loin d'être tirées d'affaire quand le sort s'abattit sur elles.

Deux corneilles passèrent au-dessus de leurs têtes en se querellant. L'une d'elles jeta un long cri rauque qui ressemblait à une protestation, et Donna éclata d'un rire cristallin.

Emma lança un regard anxieux par-dessus son épaule. Au comble de l'horreur, elle vit le taureau se retourner lentement et ses petits yeux injectés de sang s'enflammer de surprise indignée, tandis que ses naseaux se dilataient sous la montée de la colère.

Il n'y avait plus une seconde à perdre. Serrant Donna contre sa poitrine, Emma se mit à courir éperdument. La fillette, encore inconsciente du danger, gloussait de joie et lui caressait le visage en guise d'encouragement. Dans un bruit de tonnerre, l'animal s'était élancé à leur poursuite. Talonnée par la peur, qui semblait décupler ses forces, Emma croyait déjà entendre son souffle, incroyablement proche. Mais peut-être n'était-ce que le sien ?

Cramponnée à son cou, Donna ne pouvait pas voir l'animal. Cependant, comme si une mystérieuse télépathie s'était soudain établie entre elles, tout son petit être se raidit et ses doigts minuscules se resserrèrent en une étreinte angoissée.

— N'aie pas peur, ma chérie, haleta Emma d'une voix aussi naturelle que possible.

Mais son cœur battait à tout rompre.

Alors qu'elle désespérait de jamais l'atteindre, la barrière se matérialisa soudain devant elle, comme à travers un brouillard. Jamais elle ne sut comment elle l'escalada. A un moment, elle était du mauvais côté, hissant Donna à bout de bras par-dessus la barrière, hors d'atteinte du danger. L'instant d'après, elle basculait dans le vide, les mains projetées en avant pour se protéger, et tombait brutalement à plat ventre, saine et sauve.

A demi assommée, elle tâtonna dans l'herbe autour d'elle.

— Donna ! Donna, où es-tu ?

Le bébé riait à gorge déployée.

— Emma, toute sale !

Dans un crissement de pneus, une voiture s'arrêta et Ross accourut dans leur direction, pâle comme la mort. S'agenouillant auprès d'elles, il les examina rapidement et lança un regard affolé au taureau qui martelait furieusement le sol boueux.

— Que s'est-il passé ? demanda-t-il d'une voix sourde.

— A votre avis ? répondit-elle en s'efforçant de sourire.

Elle enregistra machinalement que sa manche était

couverte de sang, mais elle n'avait pas la moindre idée de sa provenance.

— Vous vous êtes entaillé le bras ! s'écria-t-il en inspectant la blessure.

— Ce n'est rien, répondit-elle distraitement.

Elle venait de ressentir, à sa grande surprise, une petite morsure de plaisir : il se penchait sur elle, et il n'y avait aucune hostilité dans les yeux attentifs qu'il posait sur elle…

— La vache a couru derrière nous, claironna Donna en battant des mains.

— Je suis désolée, lança rapidement Emma en voyant le visage de Ross s'assombrir. Je n'aurais jamais dû la laisser seule.

— Vous n'êtes pas responsable, répondit-il. Mme Pat m'a téléphoné, je sais comment c'est arrivé. Personne ne peut surveiller trois joyeux drilles comme ceux-ci en permanence…

Il l'aida à se remettre sur ses pieds, la soutenant fermement contre lui.

— Je vais vous reconduire à la maison. Vous devez avoir les jambes en coton après une course avec Bonaparte !

— C'est son vrai nom ? s'esclaffa Emma.

— Ah, voilà Tracy, s'écria Ross. Je vais l'envoyer rassurer Mme Pat et Edie. Elles sont folles d'angoisse.

La fillette marchait droit sur sa petite sœur, les poings sur les hanches.

— Où étais-tu ? cria-t-elle avec un regard courroucé. Tu vas recevoir une fessée, tu sais ! Ça fait des heures qu'on te cherche, et Edie pleure comme une fontaine.

Elle reprit brusquement conscience de la présence des deux adultes et s'interrompit.

— Va vite leur dire que nous avons retrouvé Donna, lui dit Ross. Et demande à Edie de te ramener au cottage avec Robin immédiatement, d'accord ?

— Pourquoi Emma est-elle toute noire ? demanda la fillette. Elle est tombée dans une flaque ?

— Oui. Maintenant, file !

Tracy s'exécuta à contrecœur. Ross installa Donna à l'arrière de sa voiture, sur les genoux d'Emma.

— Mes collants sont filés, s'exclama celle-ci d'un ton navré. Et regardez l'état de mes chaussures...

La consternation qui envahissait son visage parut divertir Ross.

— Considérez cet épisode comme votre baptême du feu ! ironisa-t-il avec un petit rire moqueur. Que voulez-vous, la vie à la campagne n'est pas aussi hygiénique que dans les villes, dont nous n'avons malheureusement ni les emballages-plastique, ni la puanteur des gaz d'échappement... Personnellement, je préfère les odeurs d'écurie, mais les goûts diffèrent...

— Emma a couru très fort, lança Donna, pleine d'admiration.

Ross lança un coup d'œil à la jeune femme dans le rétroviseur.

— Une vraie petite héroïne... la taquina-t-il.

— Je vous en prie ! jeta-t-elle en rougissant.

Dès leur arrivée au cottage, Emma se précipita à la salle de bains pour prendre une douche, tandis que Ross se chargeait de Donna, qui était relativement propre et n'avait pas une égratignure. Il l'installa sur un tabouret devant l'évier de la cuisine et la laissa jouer avec le contenu d'une cuvette d'eau, ce qui sembla ravir le bébé.

Un peu plus tard, Emma redescendit, vêtue de propre et éclatante de fraîcheur. Ross l'inspecta d'un air narquois.

— Citadine dans l'âme, n'est-ce pas ? railla-t-il gentiment.

— J'ai remarqué que vous vous lavez toujours les mains très soigneusement après chacune de vos consultations, répliqua-t-elle d'un ton sec.

Il haussa les épaules.

— C'est une simple question de bon sens !

— Ainsi, votre parfum favori est celui de l'étable... ironisa-t-elle.

— Pas sur moi, cependant, admit-il en riant.

— Tout de même ! conclut-elle en levant un menton triomphant.

S'approchant d'elle, il abaissa son regard sur ce visage à la peau satinée, délicatement colorée par le grand air, sur cette bouche aux lèvres pulpeuses, offerte.

— Vous embaumez comme une nuit d'été, murmura-t-il.

Emma était hypnotisée, prisonnière du magnétisme de ces yeux gris plongés dans les siens.

— Merci, répondit-elle dans un souffle.

Il se pencha au-dessus d'elle, attiré par un aimant invisible. Ils se regardaient, face à face, tendus l'un vers l'autre. Puis la voix d'Edie retentit dans l'entrée, il y eut un bruit de cavalcade sur le gravier de l'allée... Le charme se rompit, et ils se séparèrent, tous deux embarrassés. Emma prit Donna dans ses bras, Ross se tourna pour accueillir ses frère et sœur...

La vie poursuivait son cours.

5

— Nous n'avons pas encore parlé dédommagement, remarqua le lendemain Ross qui était occupé à tailler les rosiers avec Emma.

Celle-ci fronça les sourcils.

— Je suppose que Judith se mettra en rapport avec mon assureur ? Grâce à Dieu, je suis entièrement couverte...

Elle pensait bien sûr à l'accident.

— Il ne s'agit pas de Judith, mais de vous, sotte ! poursuivit-il.

— De moi ? Mais je n'ai pas été blessée !

— D'une rémunération pour la garde des enfants, expliqua-t-il patiemment. J'ai rendu visite à ma sœur hier. Elle vous est très reconnaissante de votre aide, et m'a demandé de vous en toucher un mot, afin que vous fixiez vous-même la somme qui vous convient.

— Je ne veux pas d'argent ! protesta-t-elle, horrifiée.

— Ne soyez pas ridicule. Pourquoi feriez-vous tout cela pour rien !

— Ne serait-ce que parce que je me sens responsable de ce qui est arrivé, répondit-elle calmement. D'autre part, il y a longtemps que je n'ai pas passé d'aussi bonnes vacances, logée et nourrie de surcroît ! C'est moi qui devrais vous payer...

— Quelle étrange jeune fille vous faites...

Il la dévisagea un instant d'un air intrigué, puis haussa les épaules.

— Bah, Judith vous en parlera elle-même dimanche.

— Avez-vous réussi à arranger une visite ?

— Non sans difficulté. Elle a été transférée en salle commune, où les enfants n'ont généralement pas accès, en raison de ce qu'ils pourraient y voir. Mais j'ai obtenu qu'ils restent quelques instants auprès d'elle.

— J'espère que les petits seront un peu rassurés, soupira Emma. Ils sont bien inquiets malgré tout, surtout Donna... Ce n'est qu'un bébé, mais justement, elle comprend encore moins bien ce qui se passe.

A ce moment-là, le portillon grinça et Amanda pénétra dans le jardin, plus éblouissante que jamais dans un ensemble de crêpe bleu pâle.

— Quel magnifique après-midi ! s'exclama-t-elle en adressant à Ross un sourire enjôleur.

Emma se remit à son ouvrage avec une énergie féroce.

— Bel enthousiasme ! commenta ironiquement Amanda.

— Eh ! Laissez au moins quelques rejets... lança Ross avec une grimace indulgente.

— Je vais vous montrer, décréta Amanda en lui prenant le sécateur des mains. La taille n'a plus de secret pour nous, n'est-ce pas, Ross ?

Emma dut reconnaître que c'était vrai. En un tour de main, elle avait dégagé le bouquet incarnat d'un rosier de Damas, sans en abîmer la tige gracile. Ross la regardait faire, les mains sur les hanches.

— Queen's Daumaury est splendide en ce moment, dit-elle en levant sur lui ses yeux de saphir liquide. Les massifs de buddleias sont en pleine floraison, et les magnolias embaument...

Elle parlait très doucement, comme si elle s'aventurait en terrain délicat.

— Le jardinage ne me passionne pas vraiment, coupa Ross abruptement. Je me contente d'entretenir cet endroit quand j'ai le temps, sans plus. Je vais voir si Edie peut nous faire du thé.

— Je viens de l'apercevoir à l'auberge, répondit Amanda d'un ton pincé.

Ross parut pris au dépourvu et hésita un instant.

— Dans ce cas, je vais m'en occuper moi-même.

— J'y vais, offrit Emma d'une voix suave. Tenez compagnie à Amanda, Ross.

Ignorant son expression furibonde, elle s'éloigna vers la maison. Quand il la rejoignit quelques instants plus tard, seul, elle lui coula un petit regard en coin.

— Amanda ne prend pas le thé avec nous? demanda-t-elle innocemment.

— Non.

— Comment se fait-il?

Il la dévisagea sévèrement.

— Ne me provoquez pas, Emma, dit-il durement. Je ne suis pas d'humeur à plaisanter.

— C'est ce que je vois, en effet! rétorqua-t-elle.

Une petite étincelle d'amusement dansait dans ses grands yeux châtaigne, et deux charmantes fossettes creusaient ses joues.

— Petite péronnelle! Comment osez-vous vous moquer de moi? rugit-il en lui prenant vivement le coude.

Mais, comme elle plongeait un regard espiègle dans le sien, elle y découvrit un petit sourire qui démentait la mauvaise humeur de ses paroles.

— Amanda est très jolie, déclara-t-elle, sautant du coq à l'âne.

— Exquise, renchérit-il froidement. Et très, très coûteuse.

— C'est une Daumaury ?

Elle se demandait si Ross l'évitait parce qu'il se sentait indigne d'elle.

Il lui tourna le dos et laissa ses yeux errer sur le jardin ensoleillé.

— Oui, dit-il après un court silence.

— C'est la petite-fille de Sir Daumaury ?

— Je ne connais pas exactement leur degré de parenté, répondit-il brusquement. C'est sa petite-nièce, je crois.

— Ses parents vivent à Queen's Daumaury ?

— Ils sont morts.

— Pauvre Amanda ! s'écria Emma, bouleversée. C'est horrible.

Ross eut un haussement d'épaules indifférent.

— Il y a des années de cela, dit-il.

— On ne s'en remet jamais vraiment, je crois, observa Emma.

Abandonnant la fenêtre, il revint près d'elle.

— Vos parents sont toujours en vie ? demanda-t-il.

— Oui, et très occupés ! Mon père est médecin de campagne dans les environs de Norfolk, et maman élève des chats siamois. Mes trois frères et sœurs sont mariés, ce qui me donne cinq neveux et nièces !

Son visage rayonnait de tendresse à cette évocation.

— Nous sommes une famille très unie, ajouta-t-elle. En fait, je suis la seule qui ait quitté le nid...

— Vous êtes partie pour pouvoir poursuivre vos études, sans doute ? interrogea-t-il.

— J'aurais pu m'inscrire aux Beaux-Arts de ma région, à vrai dire, mais Londres est vraiment le meilleur endroit.

— Et vous aviez envie de goûter à la vie exaltante de la capitale, je suppose, la taquina-t-il gentiment.

— En quelque sorte ! répondit-elle en riant.

— Ainsi, vous n'êtes pas du tout citadine, murmura-t-il. Pourquoi m'avez-vous laissé le croire sans rien dire ?

Elle releva le menton d'un air faussement provocant.

— Peut-être pour vous apprendre à ne pas juger les gens à la légère ? railla-t-elle.

— Impudente ! dit-il en lui pinçant amicalement la joue. Vous avez un appartement à Londres ?

— Que je partage, oui.

— Vous vous entendez bien ?

— C'est un interrogatoire en règle ! observa-t-elle malicieusement. A merveille, effectivement.

Brusquement, l'expression enjouée de Ross s'évanouit, tandis que ses yeux se faisaient plus durs.

— Vous n'êtes pas obligée de continuer, dit-il sombrement. Si vous estimez que vous devez préserver votre vie privée...

Emma éclata de rire.

— Ne vous laissez pas emporter par votre imagination ! Je partage cet appartement avec une amie ; elle s'appelle Fanny, elle est secrétaire, c'est une blonde délicieuse et je n'en fais pas un secret ! D'autres questions ?

— La plus évidente, répondit-il sans sourciller.

La jeune femme écarquilla les yeux de surprise.

— Laquelle ?

— Y a-t-il un homme dans votre vie ?

— Pas en ce moment, énonça-t-elle calmement après un court silence.

Dans un éblouissement, le visage radieux de Guy surgit de sa mémoire, noyé de soleil sur le court de tennis où il lui renvoyait sa balle d'un bond agile... Elle ferma les yeux, s'attendant à sentir la douleur lui déchirer le cœur, mais elle ne trouva en elle qu'une immense résignation.

Ross la fixait intensément.

— Il y a longtemps ? s'enquit-il très doucement. Elle le regarda, interloquée, et fut surprise de pouvoir lui répondre sans l'ombre d'une hésitation.

— Pas tellement.

— C'était sérieux ?

— Pour moi, dit-elle lentement, un soupçon d'incertitude dans la voix. Mais pas pour lui, même si je l'ai cru.

— Il a dû vous donner de bonnes raisons de le penser, répondit-il froidement.

— Non, jamais, protesta-t-elle en secouant vivement la tête. Ce n'était pas sa faute, mais la mienne. Nous étions amis.

Il y avait une supplique dans les yeux qu'elle leva sur lui.

— C'est tout à fait possible, vous savez, une amitié entre un homme et une femme, sans liens...

— Ce n'était pas le cas, apparemment, coupa-t-il avec un rictus sardonique.

— Guy ne s'est pas rendu compte...

— Quel insensé ! jeta-t-il d'une voix sourde.

Elle s'apprêtait à protester, mais elle dut s'avouer qu'au fond d'elle-même, elle partageait ce jugement. Il fallait que Guy soit aveugle pour ne pas voir ce qu'elle ressentait pour lui...

— Pourquoi vous êtes-vous séparés ? reprit Ross, visiblement intéressé.

— Fanny est revenue d'Amérique, et...

— Je comprends.

Il l'avait interrompue, conscient de la douleur qui perçait dans sa voix malgré son ton détaché.

— Curieusement, Fanny me manque infiniment plus que Guy, remarqua-t-elle évasivement. Il me semble que je suis parfaitement capable de la revoir...

— Est-ce si récent ?

— J'ai l'impression qu'il y a des millions d'années de cela, répondit-elle, songeuse. C'est étrange : le temps s'étire, sans que rien ne vienne troubler le fil des jours, et, tout à coup, les événements s'enchaînent les uns après les autres, en une ronde infernale et déconcertante... Jusqu'à ce que Fanny s'envole pour Los Angeles, nous étions heureuses, nous sortions beaucoup, mais rien ne se passait vraiment. Puis j'ai rencontré Guy, que j'ai aimé tout de suite, Fanny est rentrée, j'ai vu leurs visages... Alors j'ai décidé de partir, pour me retrouver le soir même gouvernante de trois enfants dont je venais d'envoyer la mère à l'hôpital... Je me demande encore si je ne rêve pas !

— C'est la réalité, répliqua-t-il. Ainsi, vous êtes venue à Dorchester pour guérir votre cœur brisé ?

Le sarcasme qu'elle décela dans ses paroles la désarçonna.

— J'ai simplement fui une situation intolérable...

— Quelle triste mésaventure... grinça-t-il, faussement compatissant.

— Si vous aviez aimé vous-même, une fois dans votre vie, vous n'en parleriez pas ainsi, lança-t-elle aigrement.

— Comment pouvez-vous affirmer que cela ne m'est jamais arrivé ?

Devant son visage étonné, il eut un rictus désabusé.

— Après tout, vous avez satisfait ma curiosité... Faisons donc un échange de bons procédés. J'ai été amoureux, à deux reprises pour ne rien vous cacher. Quand j'avais dix-huit ans, d'une étudiante de mon cours, qui ne voulait pas m'épouser pour poursuivre sa carrière. Elle m'est devenue indifférente tout aussi vite qu'elle m'avait séduit, d'ailleurs.

— Je sais, soupira Emma. Parfois, je me demande si l'amour existe vraiment... Excusez-moi, je vous ai interrompu ! Quelle était la seconde fois ?

Il lui lança un regard pénétrant.

— Vous n'êtes pas au courant ?

— Comment le serais-je ? s'enquit-elle, déconcertée.

— Par la rumeur publique, principalement.

— Je ne lui accorde aucun crédit, et, de toute façon, personne ne raconte rien à votre sujet.

— C'est que vous n'entendez pas, rétorqua-t-il.

Il s'approcha de la fenêtre, lointain tout à coup.

— Je l'avais rencontrée à un bal, dit-il lentement. Elle était ravissante, avec de grands yeux presque enfantins. Elle est venue vivre ici, et, comme nous ne nous quittions plus, tout le monde attendait notre mariage, sa famille comme la mienne. Jusqu'au jour où je me suis rendu compte qu'elle m'ennuyait, qu'elle était égoïste, superficielle... Un soir, j'ai tenté de lui expliquer que mes sentiments pour elle avaient changé... Mon Dieu, ce fut épouvantable... Elle pleurait, balbutiant qu'elle s'était endettée en achetant des vêtements coûteux pour me plaire... Je lui ai répondu que j'étais disposé à régler ses factures, mais que je ne l'épouserais jamais.

Bouleversée, Emma gardait le silence. Cette jeune fille, était-ce Amanda Craig ? Impossible, décida-t-elle, celle-ci vivait à Queen's Daumaury, et devait donc être très riche...

— De guerre lasse, je suis monté me coucher, poursuivit-il sombrement. Vers minuit, elle m'a réveillé pour me supplier à nouveau, en sanglotant de plus belle. Puis elle a couru s'enfermer dans sa chambre et s'est mise à pousser des hurlements assourdissants. Dans la seconde qui suivait, tout le village était rassemblé sous mes fenêtres, et c'est alors qu'elle est apparue, les cheveux en désordre, sa chemise de nuit déchirée, en m'accusant de tentative de séduction...

— Quel odieux stratagème ! explosa Emma, avec une indignation sincère.

Il fit volte-face et braqua sur elle un regard d'une intensité insoutenable.

— Merci, murmura-t-il d'une voix altérée par l'émotion.

— Pourquoi me remerciez-vous ? s'exclama-t-elle, stupéfaite.

— Parce que vous me croyez.

— Mais enfin, qui peut s'imaginer un instant que vous soyez capable d'abuser de quelqu'un sous votre propre toit ?

— Ma famille, par exemple, répondit-il amèrement, qui non seulement n'en a jamais douté, mais m'a renié après cela, comme si j'étais un monstre.

— Comment ! Judith aussi ? demanda Emma, incrédule.

— Non, bien sûr. Elle a toujours trouvé cette histoire grotesque.

— Je suis convaincue que Mme Pat n'en a pas cru un mot, elle non plus, remarqua-t-elle pensivement.

A la lumière de ces révélations, certaines réflexions de cette dernière, incompréhensibles sur le moment, lui paraissaient tout à coup limpides.

— Je comprends à présent pourquoi vous teniez absolument à nous trouver un chaperon ! dit-elle en lui souriant chaleureusement.

— Mais cela n'avait rien de personnel, je vous assure, dit-il précipitamment.

Elle réprima un petit frisson.

— Cette jeune fille s'est conduite envers vous de façon méprisable, et pourtant j'ai pitié d'elle... Sans doute vous aimait-elle passionnément, et le désespoir l'a poussée à faire n'importe quoi pour vous garder...

— Comment ose-t-on soutenir que l'amour excuse tous les crimes, même les plus ignobles ? C'est inadmissible, dit-il avec une grimace de dégoût. Je suis persuadé que vous ne vous seriez pas abaissée de la sorte avec Guy, et vous l'aimiez aussi, non ?

— Qui sait, peut-être n'étais-je pas aussi éprise de lui qu'elle de vous ? suggéra Emma.

— Ne cherchez pas à l'excuser, rétorqua-t-il d'un ton cassant. Je soupçonne pour ma part que l'amour n'avait rien à voir dans tout cela. Elle était passionnée, c'est vrai... par l'argent !

— Vous êtes bien cynique, observa-t-elle avec une réprimande indulgente. Après une expérience aussi lamentable, c'est tout naturel, je suppose.

— Et vous, demanda-t-il, votre infortune avec Guy ne vous a pas rendue terriblement méfiante envers les hommes ?

— Pourquoi ? Il s'est toujours montré très honnête, c'est moi qui me suis fait des illusions.

Elle s'interrompit un instant et sembla réfléchir.

— Mais vous avez raison, je crois que je serai extrêmement prudente à l'avenir... Je ne me sens pas du tout impatiente de retomber dans le piège de l'amour ! Chat échaudé craint l'eau froide...

— Quelle drôle de petite bonne femme vous faites ! s'esclaffa Ross.

Outrée, Emma pinça les lèvres et releva la tête dignement.

— Eh bien, je suis ravie de vous divertir, rétorqua-t-elle sèchement.

Ce qui ne fit que renforcer son hilarité.

Emma espérait que sa conversation avec Ross avait jeté les bases d'une relation amicale, basée sur la confiance mutuelle, et fut donc atterrée lorsqu'ils se heurtèrent de nouveau dès le dimanche qui suivit.

Ce jour-là, comme prévu, elle emmena les enfants à l'hôpital rendre visite à leur mère, qui semblait aller beaucoup mieux et les serra tous dans ses bras.

— Ils ont une mine superbe ! dit-elle à Emma avec un grand sourire. Je ne sais vraiment pas ce que nous aurions fait sans vous...

— Emma cuisine très bien, déclara Robin avec une petite moue de connaisseur. Même oncle Ross le dit.

Judith regarda Emma droit dans les yeux.

— De la part de mon frère, c'est un compliment qui en vaut bien dix ! Il n'a d'ailleurs pas cessé de me chanter vos louanges. Comment résiste-t-il à l'invasion ? demanda-t-elle.

— Vaillamment, ma foi ! répondit Emma en riant.

— C'est vrai qu'on a un grand-père ? s'enquit tout à coup Robin.

Il y eut un silence tendu. Sa mère leva un regard interrogatif sur Emma, qui n'eut heureusement pas à chercher longtemps une réponse.

— C'est Tracy qui l'a dit, enchaînait déjà le petit garçon. On l'a vu dans une grosse voiture, il nous a observés mais il ne nous a pas parlé. Il est vieux et tout petit.

De grosses larmes brillèrent dans les yeux de Judith, qui détourna vivement la tête. Consternée, Emma chercha désespérément l'inspiration.

— Oh, les enfants, un marchand de glaces ! s'écria-t-elle en regardant par la fenêtre avec un enjouement forcé. Nous nous y arrêterons en sortant, d'accord ? Ah, voilà l'infirmière qui vient nous chasser, je crois. Embrassez vite maman, et ne soyez pas tristes, elle reviendra bientôt à la maison !

Quand Judith lui serra la main, elle lui fit un petit sourire d'excuses.

— Merci, lui souffla la jeune femme, les yeux encore rouges.

Au salon le soir même, alors que Ross somnolait sur son journal à ses côtés, elle décida d'aborder le sujet. Certes, elle ne connaissait pas les circonstances de ce fâcheux état de fait, ce qui ne rendait pas la chose facile, mais elle appréhendait à présent beaucoup moins une telle conversation.

— A l'hôpital cet après-midi... commença-t-elle, hésitante.

— Oui... ? fit Ross distraitement.

— Robin a prononcé le nom de Sir Daumaury, et Judith s'est mise à pleurer. Comme c'est regrettable de voir une famille déchirée de la sorte...

— Ainsi, vous écoutez les ragots, lança-t-il d'une voix désagréable.

— Pas du tout ! protesta-t-elle. Simplement...

— Simplement, comme la plupart des femmes, vous ne pouvez vous empêcher de vous mêler de ce qui ne vous regarde pas, coupa-t-il durement. Vous n'êtes pas ici pour jouer les assistantes sociales, Miss Leigh, et vous ignorez tout des personnes concernées, du contexte de la situation. Contentez-vous donc de faire votre travail.

Décrochant au vol sa veste du porte-manteau, il sortit de la pièce à grands pas et claqua la porte derrière lui.

Emma, tremblante de colère, fixait le feu sans le voir. Vraiment, il était impossible ! Elle avait seulement voulu... Elle soupira et s'efforça de se calmer. L'Enfer était pavé de bonnes intentions, disait-on. De toute façon, il était sans doute un peu présomptueux de sa part de s'imaginer résoudre en une nuit une querelle vieille de plusieurs années...

En tout cas, Ross aurait très bien pu lui parler sur un autre ton. « C'est une brute, décida-t-elle, et je le déteste ! »

6

Tous les matins, les enfants allaient porter du sucre aux ânes de Mme Pat, Jessie et Barnabé. Emma adorait assister à ce rituel, au cours duquel les animaux révélaient leur véritable nature. Jessie levait de grands yeux humides et tendait son museau sous les caresses, alors que Barnabé, plus vorace, quémandait toujours un peu plus que sa part. C'était un plaisir de voir les enfants réagir avec une impartialité instinctive.

— Je me demande bien pourquoi je les nourris, ces deux bons à rien, bougonnait invariablement leur propriétaire. Mais je n'ai pas le cœur de les vendre. Moi qui n'ai pas de chance au jeu, j'ai pris un billet de loterie à M. le Curé il y a quelques années, pour ses bonnes œuvres. Eh bien pour la peine, j'ai décroché le gros lot, ces deux animaux ! Dans le temps, ç'aurait été un cochon... Au moins, on aurait pu le manger !

— Oh, madame Pat ! s'écria Tracy d'un ton de réprobation sévère. Comme c'est méchant !

— Je connais une petite demoiselle qui raffole des sandwichs au saucisson, la taquina Ross qui les avait accompagnés.

— Ah, mais ça, ce n'est pas vraiment du cochon, répondit la fillette, décontenancée. Pas un que je connais...

Tout le monde éclata de rire.

— Je te comprends tout à fait, dit Emma. Quand j'avais cinq ans, j'ai gagné un poussin à une tombola. Mon père pensait qu'il mourrait, mais je l'ai mis dans une boîte garnie de paille, au four, pour qu'il ait bien chaud ! Et il a tellement grossi qu'il a fallu le mettre dans le jardin, avec les autres. Quand mon père les a tous vendus au boucher le Noël suivant, j'ai pleuré toute la nuit, et je n'ai plus mangé de poulet pendant des mois !

— A propos de loterie et de tombola, intervint Mme Pat, il y a une fête foraine au village voisin, cette semaine.

— Oh, oncle Ross, Emma, s'il vous plaît, on peut y aller ? cria immédiatement Tracy, tandis que Robin levait sur eux des yeux implorants.

— Fête foraine, chantonna Donna en battant des mains avec allégresse.

— Ma foi, pourquoi pas, répondit Ross, amusé.

— Quand ? Ce soir ? s'enquit Robin, avide de certitudes.

— Sera-t-elle ouverte ? demanda Ross à Mme Pat.

Comme celle-ci acquiesçait, la décision fut prise.

Le soir même, guidés par les flonflons de l'orgue de Barbarie et les guirlandes qui délimitaient le pré où les forains s'étaient installés, ils découvrirent un petit groupe de baraques brillamment éclairées. Ils se garèrent sur le parking de fortune et se mêlèrent à la foule, déjà très animée. Les voitures des marchands de glaces et de frites étaient alignées à la périphérie d'un cercle de stands bariolés, dont les attractions les plus populaires occupaient le centre : autos tamponneuses, train-fantôme, grande roue... Et enfin les manèges proprement dits. Il y en avait trois, le premier pour les tout-petits, un plus important avec toute une arche de Noé bleu et argent, et, tribut du modernisme, des fusées et des vaisseaux spaciaux rutilants.

Ross et Emma retenaient fermement les enfants, qui piétinaient d'impatience.

— Restez avec nous, et si par hasard vous vous perdez, allez vers les autos tamponneuses et attendez que l'un de nous vienne vous chercher. Vous entendez ?

Ils hochèrent la tête distraitement, les yeux brillants, fascinés par le spectacle qui les entourait. Ross renonça.

— D'accord, à l'attaque, soupira-t-il. Par quoi commençons-nous ?

Il obtint trois réponses différentes, trois ardentes prières. Emma ne put s'empêcher de rire.

— J'accompagne Donna au manège des petits, et vous, vous emmenez Tracy et Robin sur le grand, suggéra-t-elle.

Donna jeta son dévolu sur un gros autobus rouge vif. Dès que le manège se mit en mouvement, elle saisit le volant et le malmena énergiquement. A chaque passage, Emma lui faisait de grands signes de la main.

De temps en temps, elle jetait un coup d'œil en direction du reste de l'équipe. Ross chevauchait une sympathique autruche jaune citron, serrant devant lui Robin, qui se cramponnait à la barre rayée comme du sucre d'orge. Tracy était juchée dignement sur un flambant destrier dont la crinière argentée lançait des reflets de clair de lune.

Ross lui fit un clin d'œil, et Emma répondit par un sourire. Elle enviait les enfants, leur total abandon à l'enchantement d'un monde pour eux féerique. Elle avait ressenti autrefois la même frénésie, et demeurait sensible aux charmes qui les transportaient, mais ils ne suffisaient plus aujourd'hui à lui masquer le délabrement des stands aux dorures ternies. Sans doute l'âge adulte rendait-il trop critique...

— Barbe à papa pour tout le monde ! proposa Ross lorsqu'ils se retrouvèrent.

Idée qui fut accueillie par des cris de joie. Un peu plus tard, comme elle effilochait l'impressionnant nuage vaporeux qu'elle tenait avec des doigts poisseux, Emma sentit une bouffée de joie lui gonfler le cœur. « Je suis heureuse, songea-t-elle, incroyablement heureuse, comme je ne l'ai jamais été avec Guy. » Cette pensée audacieuse la fit sursauter intérieurement. Qu'allait-elle donc imaginer ?

Elle regarda Ross. Il avait déjà presque fini sa barbe à papa.

— Vous avez du sucre sur le nez, lui annonça-t-elle malicieusement.

— Ça me va ?

— Plutôt bien, ma foi, répondit-elle. Vous ressemblez un peu moins à un ogre.

— Un ogre ? répéta-t-il en levant un sourcil étonné. C'est mon apparence habituelle ?

— Absolument, rétorqua-t-elle fermement.

Il fit mine de l'examiner à son tour, la tête rejetée en arrière comme devant un tableau.

— Voyons voir... La Fée Mélusine ? Je sais ! Hibou Roux !

— Hou Hou Hou ! renchérit Donna, ce qui provoqua un fou rire général.

Les autos tamponneuses terrifièrent Donna, et Emma, pour sa part, les trouvait un peu trop violentes. Elles se contentèrent donc volontiers d'assister au spectacle, à distance respectable. A chaque heurt, Robin hurlait sauvagement et Tracy exhortait son oncle à grands cris.

— Vas-y, oncle Ross, fonce-lui dessus !

Il fallut tout voir, tout essayer, avant que les trois diablotins acceptent de rentrer. Il faisait nuit noire, mais la foule grossissait toujours. Il y avait peu de distractions dans la région, et celle-ci était populaire à des kilomètres à la ronde.

Dès le retour à la maison, Emma coucha les enfants, qui s'étaient déjà assoupis dans la voiture. Edie aidait sa sœur à l'auberge, et ne rentrerait pas avant dix heures. Ross mit à chauffer de l'eau pour le thé et dressa la table à la cuisine.

— Ce sera plus commode, puisque nous ne sommes que deux.

Emma prépara rapidement une omelette aux champignons et ils s'installèrent face à face, affamés par leur folle soirée.

— Hmmm... quelle odeur divine ! Vous êtes une vraie petite fée du logis, Emma ! s'exclama Ross avec un soupir d'aise.

Les joues de la jeune fille se colorèrent de plaisir.

Ils venaient à peine de terminer leur repas quand Amanda apparut à la porte de service. Son regard de saphir glacial survola rapidement leur couvert en tête à tête, l'expression de calme satisfaction de leurs visages, leur intimité.

— Désolée de jouer les trouble-fête, jeta-t-elle, hautaine.

— Tu viens de rater le festin du siècle, dit Ross. Très simple, mais absolument délicieux.

— Comme c'est charmant.

Son ton était glacial. Elle inspecta les assiettes et fronça ostensiblement le nez.

— Vous cuisinez au beurre ? C'est très mauvais pour la ligne !

— Si tu avais une rude journée de travail derrière toi, tu serais peut-être moins délicate, observa Ross tranquillement.

— A ton avis que fais-je de mes journées ? rétorqua-t-elle, furieuse.

— Des arrangements floraux, des coups de téléphone, et des menus de réception. Ça n'a rien d'exténuant.

Amanda pinça les lèvres et elle s'empourpra sous l'affront.

— Je ne vois pas pourquoi je prendrais un emploi quand je n'ai pas besoin d'argent, alors que tant de gens moins favorisés sont au chômage. Ce serait leur ôter le pain de la bouche.

Elle lui lança un long regard de reproche.

— Je ne te comprends vraiment pas, Ross.

— J'exerce le métier utile pour lequel je suis payé, répondit-il. Cela satisfait mon goût de l'indépendance et ma fierté.

— Surtout ta fierté, dit-elle doucement, en le fixant droit dans les yeux.

Il pâlit et repoussa brutalement sa chaise. Emma les observait, mal à l'aise. Quelque chose lui échappait. Ross multipliait les remarques désobligeantes à l'égard d'Amanda ; il semblait certes chercher à l'éviter, et pourtant, chaque fois qu'elle les avait vus ensemble, elle avait été frappée de la complicité qui perçait dans leurs propos.

— Je vais vous aider à faire la vaisselle, Emma, dit-il, le visage fermé.

— Non, c'est moi qui vais t'aider, intervint Amanda précipitamment. Comme ça, Emma pourra prendre un repos bien mérité. Elle a l'air épuisée.

Ross se tourna vers la jeune femme et la considéra avec étonnement.

— Amanda a raison, vous paraissez un peu lasse.

— Je vous remercie, répondit Emma avec un sourire forcé. Dans ce cas, je vais aller me coucher.

Il la regarda quitter la pièce d'un air intrigué.

— C'est curieux, elle était en pleine forme tout à l'heure...

— Les enfants sont exténuants, parfois, soupira Amanda en levant sur lui des yeux candides.

Emma se laissa tomber sur son lit. Le miroir de la coiffeuse lui renvoya un petit visage sinistre, aux traits tirés. « Emma Leigh, tu es une sotte, se dit-elle amèrement. Serais-tu assez stupide pour tomber amoureuse de Ross ? »

Amoureuse de Ross ? Ses grands yeux bruns la fixaient avec lassitude, incrédules mais étrangement résignés déjà. Involontairement, elle évoqua Guy, mais elle ne trouva que des images fugitives, qui s'évaporaient comme des mirages. Guy ?... Elle ne l'avait jamais aimé. Ce n'était qu'un engouement passager, une idylle romanesque placée sous le signe du soleil et des fous rires partagés... sans aucune commune mesure avec ce qu'elle ressentait à présent pour Ross...

A quoi bon s'illusionner ainsi ? s'interrogea-t-elle sévèrement en grimaçant à son reflet. Dans une semaine à peine, elle se demanderait comment elle avait pu se laisser abattre ainsi, et elle fouillerait en vain sa mémoire à la recherche d'un souvenir de lui.

Elle entendit la voix du jeune homme monter du jardin, grave, sérieuse. Une détresse immense l'étreignit et elle abaissa ses paupières brûlantes. « Cette fois, tu es amoureuse, gémit-elle intérieurement. Inutile de le nier... Tu souffres bien trop. Et la douceur enivrante des nuits d'été n'y est pour rien... »

Voilà, elle aimait de nouveau un homme qui n'avait d'yeux que pour une autre... Et une chose était claire : quelles que soient ses relations avec Amanda, Ross était incapable de s'y soustraire. Il avait beau mépriser sa fortune, ses préoccupations mondaines, détester son snobisme, il accourait à son premier appel.

Elle poussa un profond soupir, se déshabilla et se mit au lit.

— Belle matinée d'automne, déclara Ross le lendemain. J'ai bien envie de faire une promenade à cheval.

Son regard vint se poser sur Emma, et un sourire amical effleura ses lèvres.

— Que diriez-vous d'un petit trot dans la forêt ?

Elle jeta un coup d'œil significatif vers les enfants, qui buvaient tranquillement leur chocolat.

— Savent-ils monter à cheval ? demanda-t-elle discrètement.

— Edie pourrait les emmener passer la journée chez sa sœur. Vous avez besoin d'un peu de répit...

Emma hésitait, indécise.

— Mme Pat est peut-être occupée aujourd'hui... Je ne tiens pas à la déranger trop souvent, elle m'a déjà rendu tellement de services...

— C'est elle-même qui l'a suggéré, répondit-il. En fait, l'idée d'un peu d'équitation vient de moi, mais elle m'avait glissé de vous accorder un peu de détente.

Enchantée, Emma lui sourit.

— Vous êtes tous les deux très gentils. J'accepte avec plaisir.

— Si on est sages, on pourra monter sur les ânes de Mme Pat, lança Robin d'un air pénétré.

— Monter sur les ânes... répéta Donna, rêveuse.

Elle était manifestement alléchée par une telle perspective. Tracy leva les yeux de son bol et la toisa avec dédain.

— Toi, tu es trop petite, dit-elle d'un ton sans appel. Mais Robin et moi, on pourra. Je prendrai Barnabé, et lui Jessie.

Le bébé se mit à pleurer avec tout l'abandon du désespoir. Emma l'attira sur ses genoux et lança un regard noir à sa sœur.

— Donna peut monter sur Jessie, si elle veut, dit-elle en berçant celle-ci maternellement. Ross la tiendra et marchera à côté.

— Divine perspective ! ironisa ce dernier.

Donna le suppliait avec des yeux encore tout embués de larmes.

— D'accord, la puce, oncle Ross t'emmènera sur Jessie demain matin !

La petite adressa un sourire provocant à Tracy, qui se rembrunit et mordit rageusement dans sa tartine.

Pour la dérider, Emma s'empressa de la charger d'essuyer la vaisselle. Le silence froissé de la fillette ne résista pas longtemps à ses approches diplomatiques. Quelques compliments judicieux, et elle avait retrouvé sa volubilité habituelle, aidant complaisamment Emma à remettre la cuisine en ordre.

Mme Pat accueillit la petite troupe à bras ouverts. Dans son jardin, du linge d'une blancheur éclatante battait au vent, tandis que la basse-cour affairée picorait à cœur joie, ignorant l'affrontement sans merci qui opposait le chaton à un chien errant à quelques pas de là.

La brave femme eut un regard approbateur pour le jean usagé d'Emma.

— Allez, et amusez-vous bien, lui dit-elle avec bonhomie. Elle travaille bien avec les polissons, n'est-ce pas, Ross ? ajouta-t-elle en fixant celui-ci avec assurance, comme pour le défier de la contredire.

— Que suis-je censé répondre ? répliqua-t-il. Solide comme un roc, comme vous dites...

Cette réponse ne fut sans doute pas du goût de Mme Pat, car elle lui lança un coup d'œil acerbe avant de disparaître dans ses cuisines.

— Elle aimerait m'entendre vous porter aux nues, commenta-t-il, badin. Voulez-vous que j'essaye ?

Emma se rembrunit et s'éloigna à grandes enjambées.

— Ne vous donnez pas ce mal, jeta-t-elle par-dessus son épaule.

— Je vous ai vexée, pardonnez-moi, dit-il en la rattrapant.

— Laissez-moi mettre les choses au point, rétorqua-t-elle d'un ton glacial. Tout ce que je fais, c'est pour les enfants, et pour votre sœur. Je n'attends rien de vous, Ross.

— Je vois, fit-il d'une voix brusquement altérée.

— Je l'espère !

Pourquoi éprouvait-elle ce besoin impérieux de lui signifier... mais quoi donc, au juste ? se prit-elle à songer avec lassitude.

Il baissa les yeux sur elle et rencontra son regard noisette, tout pailleté d'or dans le soleil du matin. Ils restèrent ainsi longtemps face à face, en silence. Ross la fixait avec une expression indéchiffrable, scrutant son visage comme pour y lire la réponse à une question qu'il n'osait pas lui poser.

Elle se ressaisit enfin, détournant tristement la tête.

— Vous vous préoccupez trop des motifs cachés que peuvent avoir les gens, dit-elle lentement.

— Peut-être, en effet.

— Je sais que vous n'avez pas été très heureux à ce sujet par le passé, reprit-elle, mais le monde n'est pas qu'hypocrisie... Au lieu de rester ainsi sur vos gardes, ouvrez-vous à la vie, Ross, accordez aux autres le bénéfice du doute.

— C'est ce que vous vous proposez de faire ? demanda-t-il, très sérieux. Quitte à vous exposer à une nouvelle peine de cœur ? Je croyais que vous aviez appris votre leçon...

Elle plongea ses mains dans les poches de son ample veste de cuir et leva un menton hardi.

— N'est-ce pas là le piquant de l'existence ? Prendre des risques...

— « Chat échaudé craint l'eau froide »... ce sont vos propres paroles, rappela-t-il doucement.

— Je me suis trompée, déclara-t-elle, baissant les yeux.

Immobile, Ross attendit qu'elle relève la tête pour capter son regard limpide.

— Vous êtes une jeune fille remarquable, dit-il. Vous avez prononcé cela avec tant de simplicité...

Devant son expression interloquée, il eut un sourire éblouissant qui l'intimida.

— La plupart des gens n'admettent jamais qu'ils ont tort, ou alors, après maintes tentatives de justification. Vous, vous le constatez humblement, sans souci de vous rattraper, tout comme vous avez abandonné le terrain dès que vous avez compris les sentiments de vos amis l'un pour l'autre... Il fallait du courage, Emma. Bien des femmes auraient résolu de lutter, au prix de la souffrance générale. C'est d'une rare qualité...

Embarrassée par ce flot d'éloges, elle eut envie de s'enfuir en courant.

— Où sont les écuries ? s'enquit-elle sans transition.

— Juste en haut du Chemin du Grigou, répondit-il, acceptant de bon cœur ce brusque changement de sujet.

— Quel nom étrange ! enchaîna-t-elle avec une curiosité exagérée.

— Il conduisait autrefois à la masure d'un vieux chiffonnier, qui faisait office de prêteur sur gages, expliqua Ross. A sa mort, on y a découvert un véritable trésor dont quelques objets de grande valeur. Comme il n'avait aucune famille proche, et avait appartenu à une congrégation de religieux dans sa jeunesse, le produit de la vente a été attribué à l'Eglise.

— Quel usage en a-t-elle fait ? demanda Emma,

déterminée à maintenir la conversation sur un sujet impersonnel.

— Elle l'a investi dans la reconstruction du mur d'enceinte du cimetière... sans doute pour que son involontaire bienfaiteur ne s'échappe pas !

La jeune femme ne put s'empêcher d'éclater de rire.

— Voilà qui n'est pas très respectueux de votre part ! A propos, je n'ai pas encore remarqué d'église dans ces parages...

— Il y en a une dans le village voisin, un édifice assez vétuste du XIIe siècle, rattaché à la paroisse de Buxrey afin de pouvoir subsister. Bien que les fondations soient encore très saines, un gros travail de restauration s'impose, pour lequel le comité de patronage local ne cesse d'organiser des fêtes de bienfaisance. Mais c'est un gouffre sans fond, comme tous les bâtiments d'époque, d'ailleurs. Prenez par exemple Queen's...

Il s'interrompit brusquement, et son visage se ferma.

— Queen's Daumaury ? compléta-t-elle légèrement. Son propriétaire a pourtant largement les moyens de l'entretenir, n'est-ce pas ?

— Je suppose, répondit-il, distant tout à coup.

Il n'avait visiblement pas l'intention d'en dire plus, et ils se mirent en chemin, marchant à bonne allure à travers prés. Au-dessus de leurs têtes, les alouettes s'élançaient dans l'air transparent avec des trilles surexcitées, et Emma aperçut au loin un clocher austère qui dépassait d'un bosquet de peupliers. Le « gouffre sans fond », probablement, songea-t-elle.

Le haras était adossé à une modeste habitation à l'aspect délabré, perdue au milieu d'une esplanade en terre battue où une grande femme solidement bâtie s'affairait à changer les litières d'un alignement de stalles. En les voyant s'avancer vers elle, elle s'appuya sur sa fourche et les salua d'un sourire direct.

— Vous avez choisi une belle journée, Ross. Ted ! Sellez Marcy et Juniper, voulez-vous ? ajouta-t-elle en élevant la voix.

Un petit homme contrefait s'encadra à la lucarne d'un box, pour disparaître presque aussitôt après leur avoir jeté un regard sans bienveillance.

— Ted se plaît-il toujours ici ? demanda Ross.

— Oh, il adore les chevaux… mais pas les clients ! Si je le laissais faire, ces bêtes me mettraient sur la paille sans jamais risquer un sabot dehors… Je ne cesse de lui répéter qu'un cheval doit être monté, mais je n'ai pas encore réussi à le convaincre !

— Il connaît admirablement son métier, pourtant, observa Ross. C'est bien pourquoi je vous l'ai recommandé. C'était un palefrenier de premier ordre avant qu'il ne s'entiche de la bouteille…

— Je l'ai menacé de le renvoyer si je le surprenais à boire avant six heures du soir, déclara son interlocutrice avec une grimace amusée. Il semblerait qu'il ait compris que je ne plaisantais pas !

Ted les rejoignit, accompagné d'une jument gris pommelé aux yeux langoureux et d'un alezan racé, visiblement plus nerveux, que Ross prit par la bride.

— Je prends Juniper, bien sûr, dit-il. Marcy sera parfaite pour vous, Emma.

— Déjà monté à cheval ? s'enquit la patronne en se tournant vers la jeune femme. A propos, je suis Lucy Todd, et je me présente moi-même car Ross n'en fera rien, apparemment !

— Je m'appelle Emma Leigh, et je suis déjà montée sur un cheval, répondit Emma gaiement.

Ross éclata de rire.

— Elle ne vous en dira rien, mais elle est certainement championne de saut d'obstacles, indépendamment de ses talents de cordon-bleu, d'artiste de renom, et d'héroïne courageuse à ses heures perdues...

Emma le foudroya du regard, sauta en selle et s'éloigna au trot, suivie des yeux par Lucy Todd, qui paraissait à la fois amusée et intéressée, et dont l'œil averti reconnut immédiatement la cavalière chevronnée.

— Eh bien, ça m'a l'air d'être quelqu'un ! Du style, le dos droit, bonne assiette... je serais prête à lui confier Juniper, commenta-t-elle.

— Pas moi, répliqua Ross fermement. J'ai déjà beaucoup de mal à le faire obéir. Ce n'est pas un cheval, c'est un démon.

— Pourquoi l'exigez-vous toujours, alors ? demanda Lucy.

Son regard taquin indiquait clairement qu'elle soupçonnait la réponse.

— Parce que personne, pas même un cheval, n'a jamais eu le dernier mot avec moi.

Sur cette affirmation catégorique, il rattrapa Emma et ils chevauchèrent côte à côte sur une piste sablonneuse qui serpentait à travers bois avant de s'élargir peu à peu jusqu'à une ligne droite qui leur parut se prêter à merveille à un bon galop.

La supériorité incontestable de Juniper ne tarda pas à se révéler. Dans son sillage, Emma talonnait sa placide monture en luttant contre un sentiment de révolte croissant à l'égard de Ross, dont le port de tête altier et la cambrure arrogante lui déplaisaient vivement.

Il s'arrêta au bout de l'allée et la regarda arriver avec une expression de triomphe provocant. Parvenue à sa hauteur, elle tira sur les rênes de Marcy et lui lança un œil noir qui le réjouit.

— Lentement mais sûrement, ironisa-t-il, narquois.

— Vous êtes satisfait ?

Une étincelle moqueuse enflamma les yeux gris.

— Mais nous voilà fâchée...

— De quoi ai-je l'air... à traîner derrière vous de la sorte ! bégaya-t-elle, la voix étranglée par le dépit.

— D'une squaw? proposa-t-il en laissant libre cours à une franche hilarité. Vous n'avez pas la prétention de monter Juniper, tout de même, si? Une petite créature aussi fragile que vous... Vous ne resteriez pas une seconde sur son dos !

— Descendez, et nous verrons, lança-t-elle avec défi.

Le sourire du jeune homme s'évanouit.

— Ne soyez pas absurde, répliqua-t-il sèchement.

Il tourna bride et rebroussa chemin en direction des écuries, suivi d'une Emma bouillante de rage. Lucy, qui avait repris son ouvrage, parut fort surprise.

— Je ne vous attendais pas si tôt... commença-t-elle en les voyant mettre pied à terre.

Puis sa voix resta en suspens, et elle demeura pétrifiée, les yeux agrandis de stupéfaction.

Arrachant sa bride des mains de Ross, Emma venait de bondir sur Juniper. En un éclair, elle avait disparu.

— Mon Dieu ! Elle est folle à lier ! rugit Ross, les traits décomposés par une horreur incrédule. Il va la tuer !

Eliminant Marcy d'un regard, il courut vers les écuries dont il ressortit un instant plus tard, sur un fringant pur-sang d'un noir d'encre, qu'il n'avait même pas pris le temps de seller. Tandis qu'il s'élançait au galop sur les traces d'Emma, Ted surgit à son tour du box, gesticulant comme un beau diable dans un flot d'insultes.

— Ross sait exactement ce qu'il fait, déclara Lucy en le retenant par le bras.

— C'est à souhaiter, maugréa le petit homme, ou bien…

Il hocha la tête d'un air sinistre.

— Il monte bien, pour sûr, mais il ne connaît pas Dancer… c'est la mort sur quatre pattes, ce cheval.

7

Emma regrettait déjà son impulsion. Excité par ce brusque changement de cavalier, Juniper rabattit les oreilles vers l'arrière et s'emballa. Lorsque la jeune fille, prenant son parti de la réprimande qui l'attendait, tenta de lui faire prendre la direction de la ferme, il redressa la tête avec un hennissement sauvage et poursuivit sa course à un train d'enfer, ignorant la voix qui lui intimait de ralentir.

Ils avaient gagné la forêt à présent, et le cheval adopta un galop rapidement cadencé. Abandonnant l'allée principale, il s'enfonça dans le sous-bois, empruntant un réseau d'étroits passages qui se recoupaient au hasard des taillis en un labyrinthe inextricable. Les oiseaux s'enfuyaient à tire-d'aile à leur passage, avec des cris effarouchés. Juniper renâclait et secouait la tête, tous ses muscles dansant sous sa robe luisante de sueur.

Penchée sur son encolure, Emma lui murmurait des mots d'apaisement et caressait ses flancs ruisselants, dans un effort désespéré pour le calmer.

Soudain, au beau milieu d'un fouillis de ronces, il pila, et, s'arc-boutant des quatre fers, entreprit de la désarçonner. Elle tressaillit de douleur sous la morsure des épines qui lui déchirèrent la peau et essaya de l'éloigner du buisson, mais il était résolu à se débarrasser de son fardeau.

C'est alors qu'elle entendit un martèlement de sabots tout proche, et son cœur bondit de soulagement. Une seule personne pouvait accourir ainsi à sa rescousse. Elle se mit à hurler à pleins poumons.

— Ross ! Je suis ici, Ross !

Les branches craquèrent derrière elle, et il surgit du fourré, à cru sur un immense étalon noir ; l'animal tirait fougueusement sur son mors, mais semblait accepter cependant de se plier à la volonté implacable de son cavalier.

Celui-ci était visiblement hors de lui. Hirsute, ses sourcils froncés barrant son front pâle, il posa sur Emma des yeux étincelants de rage.

— Espèce de petite idiote ! Vous ne méritez pas d'être encore en vie !

Sa mâchoire se durcit et il parut faire un effort surhumain pour se contrôler.

— Je suis désolée, Ross, dit-elle d'une toute petite voix.

Elle l'implora du regard, morte de honte. Par pure bravade, elle avait risqué sa propre vie et celle du cheval... Elle n'avait pas d'excuse.

— J'espère bien, rugit-il.

Il attrapa la bride de Juniper, que sa seule présence avait calmé comme par enchantement.

— Descendez, ordonna-t-il.

Emma obéit, heureuse de se retrouver sur la terre ferme. Ses jambes la soutenaient à peine.

— Où allez-vous ? s'écria-t-elle en le voyant s'éloigner suivi de Juniper.

— Vous n'avez qu'à rentrer à pied, jeta-t-il. Cela vous servira de leçon.

— Ross ! hurla-t-elle.

Sans même se retourner, il talonna sa monture et

disparut sous la feuillée en direction de l'allée sablonneuse.

A son tour, elle rebroussa chemin, guidée par les traces toutes fraîches, à travers les fougères brisées et les brindilles écrasées. Un écureuil détala tout près d'elle et, du haut d'un frêne, une corneille lança un ricanement moqueur. Lorsqu'elle déboucha enfin dans le sentier, Ross était invisible. Seul l'écho lointain du trot rythmé de deux chevaux lui parvint.

— Quelle brute ! maugréa-t-elle. Il aurait pu m'attendre, tout de même !

Elle pressa le pas, mais une douleur cuisante l'obligea à s'arrêter. De longues épines acérées s'étaient fichées dans ses mollets à travers l'étoffe de son jean. Après les avoir extirpées de son mieux, elle retroussa les jambes de son pantalon et épongea le sang qui coulait de ses nombreuses égratignures.

— Je ne monterai plus jamais Juniper, se promit-elle. Ross avait diablement raison de me mettre en garde...

Justement, il n'y avait rien de plus exaspérant qu'un homme qui avait toujours raison, songea-t-elle en se remettant en marche.

Ross l'attendait à l'orée du bois, les mains dans les poches, un sourire railleur aux lèvres.

— Alors, on se promène ? ironisa-t-il. Courage, vous n'avez plus que quelques kilomètres à parcourir...

— J'y arriverai, rétorqua-t-elle sèchement.

— Mais... vous boitez ! s'écria-t-il, retrouvant son sérieux.

Il la retint par le bras, s'agenouilla et découvrit ses blessures qui s'étaient remises à saigner.

— Grand Dieu ! jura-t-il tout bas. Comment vous êtes-vous entaillée ainsi ?

— Ce sont des épines, répondit-elle brièvement.

— Juniper vous a bel et bien désarçonnée, alors,

murmura-t-il distraitement en essuyant les estafilades avec son mouchoir. Pourquoi ne pas me l'avoir dit ?

— Il a essayé seulement, en vain.

— J'espère que c'est très douloureux, bougonna-t-il. J'ai failli vous battre...

Il se releva et la dévisagea d'un air sombre.

— Qu'est-ce que je vais faire de vous, maintenant ? Vous ne pouvez pas continuer dans cet état.

— Ce n'est pas très loin, avança-t-elle.

— Jamais de la vie, répondit-il en secouant la tête. J'ai une idée... Ne bougez pas d'ici.

Il s'éloigna en courant, et quelques instants plus tard, il était de retour, à califourchon sur une bicyclette d'une vétusté incroyable.

— Je l'ai empruntée à Lucy, déclara-t-il fièrement. Montez devant moi !

— C'est une vraie antiquité ! objecta-t-elle, inquiète. Elle n'a pas l'air très stable...

— A prendre ou à laisser !

Dans un concert de grincements, la vieille machine dévala la pente en roue libre. Perchée sur la barre, dans un équilibre plus que précaire, Emma ferma les yeux. Le vent de la course rabattait ses cheveux sur le visage de Ross, qui la maintenait fermement par la taille, collée contre sa poitrine.

— C'est moi la coupable, pas Juniper, vous savez, lui cria-t-elle dans l'oreille, enhardie par ce contact. Je l'ai effrayé.

— Faute admise est à demi pardonnée, répondit-il, amusé. Je trouve que vous vous en tirez à bon compte ! Quand je pense à ce qui aurait pu vous arriver...

— Je ne recommencerai pas, je vous le promets.

— L'affaire est close, dans ce cas.

— Je réclame tout de même les circonstances atténuantes, observa-t-elle dans un sursaut de mauvaise humeur. La femme la plus docile s'insurgerait devant vos manières de grand seigneur !

— Vous n'oseriez pas vous poser en exemple, j'espère, susurra-t-il, narquois.

— Je suis très patiente, rétorqua-t-elle vivement. Et vous, vous êtes beaucoup trop sûr de vous !

Il éclata de rire, et l'enlaça plus étroitement. Emma regarda ses mains puissantes, aux longs doigts habiles capables de faire des miracles...

— Vous avez lâché le guidon ! hurla-t-elle soudain, reprenant ses esprits.

Ils fonçaient droit sur le fossé. Il rectifia nonchalamment leur trajectoire et le cottage apparut à la sortie du virage. Comme il donnait le dernier coup de pédale, Ross poussa un profond soupir ; une imposante Rolls était garée sur le bas-côté, devant le portail. Avant même de distinguer la casquette d'un chauffeur en uniforme, Emma l'avait reconnue.

Ross freina à une centaine de mètres du véhicule. Elle prit immédiatement conscience de la distance qui s'était brusquement établie entre eux. Il ne pensait plus à elle, songea-t-elle douloureusement.

— Pouvez-vous faire un saut chez Mme Pat et ramener les enfants ? demanda-t-il calmement.

Oubliant le délicieux bain chaud que son corps meurtri réclamait, elle acquiesça en silence et, à regret, sauta à terre. Le moment tant attendu de la réconciliation était-il venu ? Le vieil homme d'affaires acceptait-il enfin de rencontrer ses petits-enfants ?

La tête haute, fixant la route droit devant elle, elle dépassa la voiture. Elle ne tenait pas à savoir si la belle Amanda accompagnait Léon Daumaury. Ross ne lui avait-il pas signifié qu'elle, Emma, serait indésirable à l'occasion de cette réunion de famille ? En l'envoyant chercher ses neveux, il la cantonnait à son rôle de simple gouvernante.

Elle trouva les enfants confortablement installés au coin du feu, suspendus aux lèvres de Mme Pat qui leur lisait à haute voix un album tout écorné du Père Castor.

— Vous voilà de retour bien tôt, ma chère.

— Nous avons de la visite, répondit Emma sans plus de précisions.

— Fichtre ! Mes petits, un coup de savon ne vous fera pas de mal ! Edie !

Celle-ci les entraîna, malgré leurs protestations. Mme Pat dévisagea rapidement Emma, dont les yeux bruns lui parurent briller de façon suspecte.

— Du beau monde, hein ? interrogea-t-elle d'un ton bourru.

— Léon Daumaury.

Son amie prit un air entendu et se leva pour lui servir une tasse de thé.

— Allez, ça vous remontera !

— J'en avais bien besoin, soupira Emma quand elle fut désaltérée. La vie est pleine d'imprévus, n'est-ce pas ? Pire que les montagnes russes !

— Peut-être bien qu'on s'endort quand la vie est trop facile, observa Mme Pat. Et puis qu'on est vite content de soi !

— J'ai du mal à le croire... Pour ma part, je vais de surprise en surprise !

— C'est que vous avez une vie palpitante ! railla gentiment Mme Pat. Ah, vous voilà, mes agneaux, poursuivit-elle en apercevant les enfants. Propres comme des sous neufs ! Ouste ! Votre Emma vous attend. Heureusement que vous avez déjeuné...

— Ils ont bien de la chance, soupira Emma.

Ses aventures équestres lui avaient ouvert l'appétit, que même leur triste conclusion n'avait pas calmé.

— Edie, reconduis les petits. Vous, restez ici. Je vais vous préparer quelque chose, déclara fermement Mme Pat.

Emma hésita. La tentation était forte... Ainsi, elle ne verrait pas Ross et Amanda ensemble, et ne serait pas l'étrangère dans cet événement intime auquel on ne voulait de toute façon pas qu'elle assiste... Ce qui était bien légitime, d'ailleurs. Elle comprenait tout à fait que Sir Daumaury désire être seul à seul avec ses petits-enfants en un moment pareil...

— J'accepte avec plaisir, répondit-elle en souriant.

Sur un signe de sa sœur, Edie sortit avec les enfants. Sur le seuil, Tracy se retourna, une lueur d'inquiétude au fond des yeux. Avait-elle une intuition ?

Après un délicieux repas, Emma s'attarda un moment devant la cheminée, sirotant une tasse de café brûlant. Puis elle remercia vivement Mme Pat et s'en retourna tranquillement au cottage. La voiture n'était plus là. Soulagée, elle pénétra dans la cuisine et trouva Edie fort occupée à enseigner les rudiments de la pâtisserie aux enfants.

— Oncle Ross a été appelé d'urgence à la ferme des Duckett, annonça calmement Tracy.

Robin s'avança vers elle, l'air préoccupé.

— Il n'y avait personne, Emma, tout à l'heure.

Cette révélation la frappa de stupeur. Que s'était-il passé ? Léon Daumaury avait-il subitement changé d'avis ? Ou peut-être n'était-ce pas lui qui se trouvait dans la limousine, mais Amanda...

Les enfants la fixaient intensément, attendant une explication.

— Je me suis trompée, sans doute, murmura-t-elle.

— Si c'était Amanda, je suis bien contente qu'elle soit repartie avant que nous arrivions, déclara Tracy.

— Moi aussi, renchérit Donna avec tant de ferveur que tout le monde éclata de rire.

— Il ne faut pas dire des choses aussi méchantes sur Amanda, gronda Emma.

— Pourquoi ? s'enquit Robin, toujours très éveillé.

— Parce que les petits enfants ne peuvent pas juger les adultes, répondit Emma confusément.

La vraie raison de sa remarque, c'était qu'un beau jour Amanda pouvait devenir leur tante, et qu'il leur faudrait bien s'en accommoder.

— Allez, au travail, intervint Edie.

Les abandonnant à sa vigilance, Emma écrivit à Fanny une longue lettre détaillée, qu'elle s'efforça d'égayer par une description colorée et enjouée de tout ce qu'elle avait vécu depuis son départ de Londres, et surtout des enfants. Son amie se faisait certainement du souci pour elle... Voilà qui la rassurerait !

Les petits étaient couchés depuis longtemps quand Ross revint. Emma, qui dessinait au salon, sentit le poids de son regard sur sa nuque. Levant les yeux sur lui, elle remarqua son expression énigmatique, et l'attention étrange avec laquelle il la scrutait.

— Quelque chose vous préoccupe ? hasarda-t-elle. Vous paraissez bien sombre !

Ses traits se détendirent, comme si elle venait de lui apporter la réponse à ce qui le tourmentait.

— Non, ça va, dit-il avec un sourire détaché. Vous, vous ressemblez à une petite fille prête à se mettre au lit !

Après son bain si ardemment souhaité, elle avait enfilé une robe de chambre sur son pyjama et attaché ses longs cheveux châtains en une queue de cheval par un ruban de velours rose.

— La vache de M. Duckett, une fois de plus ?

— Non, l'épagneul breton de madame, répondit-il en riant. Il s'était pris la patte dans un grillage et se trouvait prisonnier !

— Pauvre bête ! Qu'avez-vous fait ?

— Ce qu'on aurait pu faire sans moi... passer un peu de savon sur sa patte. En une seconde, il était libre.

— Pourtant, vous êtes resté absent des heures, lança-t-elle imprudemment.

Elle se mordit aussitôt les lèvres. Il allait penser qu'elle guettait son retour montre en main... Jamais il ne devait soupçonner ses sentiments pour lui.

— Edward m'a demandé de l'aider dans la comptabilité, dit-il sans paraître relever sa remarque. C'est un travail très fastidieux.

— Comment va Chloé ? s'enquit Emma spontanément. Je l'aime beaucoup. Elle est tellement charmante !

— Très bien. Elle m'a posé la même question, suivie d'un commentaire semblable au vôtre.

Un sourire amical effleura sa bouche.

— Vous êtes de la même race, toutes les deux. Des petites fées du logis...

Emma rougit violemment sous ce compliment inattendu, et détourna la tête pour dissimuler son embarras.

Quand elle osa à nouveau le regarder, elle vit qu'il la fixait, adossé à l'embrasure de la porte, le visage contrarié. « Eh bien, qu'est-ce que j'ai dit ? » semblait-il se demander. Il avait une sainte horreur des complications sentimentales, il le lui avait répété cent fois, et les fuyait comme la peste...

— Je vais vous faire un café, offrit-elle en s'esquivant vers la cuisine.

Il lui emboîta le pas.

— Je mangerais bien quelque chose, lança-t-il gaiement.

— Si vous êtes allé chez Chloé, vous avez dîné, rétorqua-t-elle sévèrement. Sans quoi, elle ne vous aurait jamais laissé partir !

— Ça, c'est bien vrai ! admit-il en riant. Elle adore

les joyeux convives, surtout masculins... Elle doit considérer que cela fait partie de son rôle de chef de tribu !

— Elle a le sens de l'hospitalité, c'est tout, dit Emma d'un ton cassant. Je vous interdis de vous moquer d'elle !

— Je n'oserais jamais ! répondit Ross en feignant l'épouvante. Ces beaux yeux noisette me fusilleraient sur place !

Elle s'abstint de lui répondre. Un instant plus tôt, il l'avait comparée à Chloé, et cette allusion désobligeante pour la jeune femme l'atteignait dans sa propre fierté.

Ross s'installa dans un fauteuil pour boire son café, et Emma reprit ses esquisses, incapable cependant de se concentrer. Les questions se bousculaient dans son esprit, mais elle savait qu'il ne lui pardonnerait jamais sa curiosité.

Cette visite écourtée l'obsédait. Qui se trouvait dans la voiture ? Elle se prit à souhaiter avoir eu le courage d'y jeter un coup d'œil, quitte à devoir affronter le sourire triomphant d'Amanda...

Si seulement Léon Daumaury pouvait pardonner à sa belle-fille, la famille serait de nouveau réunie, et cette ridicule petite guerre froide prendrait fin... songeait-elle tristement. Il lui semblait inconcevable qu'on puisse ainsi renier la petite Donna, Robin et la courageuse Tracy...

Mais si celui-ci n'était pas venu leur rendre visite, pourquoi Ross l'aurait-il envoyée les chercher ? Peut-être voulait-il simplement se débarrasser d'elle, afin de rester seul avec Amanda ?

Cette supposition lui serra le cœur. Voilà l'explication la plus vraisemblable de cet étrange incident — douloureusement vraisemblable... Elle se raidit pour retenir les larmes qui lui montaient aux yeux. Qu'elle le veuille ou non, il lui fallait accepter son infortune.

« Comme toujours, du reste, pensa-t-elle âprement. J'ai l'impression de passer mon temps à me résigner devant la pénible réalité des choses... Philosophie, certes, mais pas très honorable. Pourquoi faut-il toujours que je tombe amoureuse précisément quand je n'ai aucune chance ? »

Tenaillée par ces pensées cruelles, elle décida de chercher l'oubli dans le sommeil et monta se coucher.

Après une nuit agitée, elle s'éveilla dans un petit matin frais et nuageux. Le vent avait tourné, et la pluie menaçait. Ross partit très tôt, et, lorsqu'elle eut terminé les tâches domestiques, elle emmena les enfants en promenade.

Les genêts de la lande scintillaient de mille toiles d'araignée, dont les rosaces délicates retenaient encore des perles de rosée, et une odeur enivrante d'humus montait du sol humide.

Leur flânerie sans but était entrecoupée d'arrêts fréquents, imposés par Robin, dont il fallait inspecter et commenter les nombreuses trouvailles, une amanite coiffée d'un superbe chapeau moucheté, une bogue de châtaigne vide ou un petit coussin de mousse arraché au tronc d'un hêtre...

Fatigués, les enfants se laissèrent bientôt tomber sur un talus, munis de papier et de crayons de couleurs qu'Emma, prévoyante, avait emportés avec elle. Impressionnée par un buisson de houx proche, Donna remplit une pleine page de vigoureuses traînées vertes, tandis que Robin dessinait un hêtre doté de racines biscornues. Tracy, toujours réaliste, s'absorba dans la représentation minutieuse d'une clairière, agrémentée au dernier moment d'un écureuil à l'anatomie pour le moins surprenante. Elle ne se priva évidemment pas de donner son opinion sur les œuvres de ses cadets.

— Ça ne ressemble à rien, jeta-t-elle avec dédain.

Afin de mettre un terme à la querelle qui s'ensuivit, Emma leur proposa de se dégourdir les jambes en faisant la course le long du chemin creux qui débouchait dans la cour de Mme Pat.

— On va toujours par là, protesta Tracy. Si on allait de l'autre côté, pour changer ?

— Oh, oui ! S'il te plaît, Emma ! pressèrent les deux plus jeunes dans un ensemble parfait.

Soucieuse de préserver cette entente miraculeusement retrouvée, Emma finit par accepter, et ils suivirent un étroit passage qui s'enfonçait plus profondément dans la forêt, en longeant par endroits des enclos où paissaient des moutons qui levaient sur eux de longs museaux inexpressifs.

— C'est bête, les moutons, décréta Robin, furieux de les voir aussi indifférents à sa petite personne.

— Bêê... bêê... s'époumonait Donna, plus persévérante.

Tracy, qui poussait du pied une pierre plate depuis quelques minutes, finit par donner le coup d'envoi d'un match de football frénétique, car Robin s'élança sur ses talons en laissant à Emma le soin de former l'arrière-garde tout en remorquant Donna.

« Ces enfants sont épuisants », songea la jeune femme dans un accès de lassitude. Ils ne lui laissaient décidément pas une seconde de répit... Si bien qu'elle était à présent terriblement en retard dans l'exécution de sa commande. Elle avait d'abord pensé travailler le soir, quand ils étaient couchés, mais quand ce moment béni arrivait, elle était généralement rompue de fatigue et ne songeait qu'à les imiter...

Le sentier se terminait abruptement, devant un imposant mur de brique percé d'une petite porte de bois peinte en vert, dont la forme évoquait curieusement un fer à cheval.

— Je me demande bien où on est ! remarqua Tracy.

— Nous avons dû nous égarer, dit Emma vivement. Nous ferions bien de revenir sur nos pas.

Une intuition mystérieuse l'avertissait tout à coup qu'ils devaient se trouver devant l'une des entrées de Queen's Daumaury.

— C'est la porte du Pays des Merveilles, murmura Robin, dans un sursaut de lyrisme.

Il contemplait avec une expression rêveuse le bouton de cuivre doré.

— Emma, s'il te plaît, on rentre ? supplia-t-il.

— Jamais de la vie, répondit Emma d'une voix que l'inquiétude rendait mal assurée. C'est une propriété privée.

Tracy la fixait intensément.

— Allez, on s'en va ! dit-elle sèchement en tournant les talons.

Avait-elle deviné, elle aussi ?

Comme le petit garçon ne manifestait aucune intention d'obéir, Emma le prit fermement par le bras, résignée à employer la force. Elle allait l'entraîner, lorsque retentit derrière elle un grincement qui la glaça d'épouvante. En un éblouissement, elle comprit ce qui allait se produire, et un horrible sentiment d'impuissance la paralysa.

La fatalité avait conduit ces trois enfants devant cette porte, qu'ils regardaient s'ouvrir avec des yeux ronds comme s'ils s'attendaient à voir surgir quelque magicien en longue robe, au moment même où leur grand-père en sortait à petits pas, courbé sur une canne au pommeau d'ivoire.

Il s'arrêta net, et les considéra avec stupeur.

— [illegible]

— [illegible]

— [illegible]

[illegible]

— [illegible]

[illegible]

[illegible]

[illegible]

[illegible]

[illegible]

[illegible]

[illegible]

[illegible]

8

Il y eut un long silence pesant. Il les foudroyait du regard, comme s'il attendait une explication à leur présence.

Emma était frappée par l'autorité qui émanait de sa frêle silhouette. Avant qu'elle ait pu prononcer un mot, Tracy avait pris la parole.

— Nous partons tout de suite, claironna-t-elle, méprisante. Nous ne savions pas que vous habitiez ici. Sinon, nous ne serions pas venus jusque-là.

— Tais-toi ! ordonna Emma, choquée par son insolence. Je vous prie de l'excuser, monsieur, ce n'est qu'une enfant, ajouta-t-elle en se tournant vers Sir Daumaury.

Celui-ci fixait la fillette, les sourcils froncés.

— Vous avez la langue bien pendue, Miss.

Tracy soutint son regard sans ciller, le front têtu.

— Vous êtes grand-père, intervint Robin d'une petite voix polie.

Une ombre passa sur le visage du vieillard, qu'il s'empressa de recomposer en un masque sévère.

— En effet, jeune homme, répondit-il après une petite pause.

— Où est votre maison ? poursuivit le petit garçon en fouillant des yeux l'immensité du parc.

— Aimeriez-vous la visiter ?

— Oh oui ! s'écria Robin, les joues roses d'excitation. Est-ce qu'elle est toute petite et toute ronde comme une hutte de lutin ?

Le vieil homme parut frappé de stupeur. Il regarda Emma avec un visage interloqué.

— Une hutte de lutin ? Mais qu'est-ce qu'il raconte ? Il doit pourtant savoir...

— Il ne sait rien du tout, expliqua-t-elle poliment.

— Il n'a jamais entendu parler de Queen's Daumaury ?

Comme elle secouait la tête en guise de dénégation, il tendit une main noueuse vers l'enfant, qui y glissa la sienne sans hésitation.

— Eh bien allons-y, mon bonhomme, dit-il simplement. Vous nous suivez, Miss... ?

— Miss Leigh.

Tracy avait observé la scène avec une expression de reine offensée.

— Je ne crois pas que nous devons y aller, déclara-t-elle soudain. Maman ne serait pas contente.

Emma hésita, confondue. Elle avait peut-être raison... Il aurait fallu pouvoir consulter Ross, mais quelle excuse donnerait-elle à ce vieil homme qui serrait ainsi la main de Robin ?

— Je suis navrée, commença-t-elle en rougissant, mais après tout, peut-être...

— Tracy veut toujours commander, coupa Robin posément. Elle prétend toujours tout savoir, et elle a toujours tort. Comme pour le porridge et Donna.

A ce moment précis, Donna poussa une petite exclamation stridente et pointa son doigt minuscule vers les ombrages.

— C'est quoi ?

A une centaine de mètres à peine, une biche paissait tranquillement.

— C'est une biche, dit Léon Daumaury d'un ton bourru. Une dame cerf, précisa-t-il comme elle levait sur lui des yeux interrogateurs. Tu ressembles beaucoup à ta maman, ma biche.

Cette répétition involontaire déclencha l'hilarité de Robin, puis de Donna. Leur grand-père lui-même, gagné par la contagion, se laissa brusquement aller à un rire sincère, qui balaya comme par miracle toute la froideur distante qui crispait jusque-là ses traits.

Tracy les toisait avec un air de réprobation ulcérée, et ne bougea pas d'un millimètre quand Robin entraîna son grand-père vers les profondeurs de la propriété, Donna trottinant allègrement derrière eux.

— Tu viens, on les rattrape, lui lança gaiement Emma avec un sourire aussi éblouissant que possible.

— Maman n'aime pas grand-père, ronchonna l'enfant, butée.

— Je ne crois pas que tu sois assez grande pour savoir ce que pense ta maman, observa Emma très doucement. Même les grandes personnes se trompent, tu sais. A mon avis, il faut laisser Robin et Donna parler à M. Daumaury, puisqu'ils en ont envie. J'expliquerai tout à ta maman, d'accord ?

— Elle sera furieuse contre toi ! rétorqua la fillette, visiblement ravie à cette idée.

— Oh, ma chérie, pourquoi t'entêtes-tu ainsi ? soupira tristement Emma.

L'obstination de Tracy la consternait. Ressentait-elle le besoin d'affirmer son rôle d'aînée pour se libérer du poids des responsabilités qu'il comportait trop souvent ? Brusquement émue par le petit visage obstiné, Emma s'agenouilla et la serra très fort dans ses bras.

— Ne fais pas la mauvaise tête, murmura-t-elle en l'embrassant.

Tracy se raidit, très digne, puis s'échappa brusquement pour s'élancer derrière son frère. D'abord vaguement blessée, la jeune femme se redressa lentement, et sourit en elle-même. Elle avait changé d'avis, c'était le plus important, et elle ne resterait pas toute seule, à bouder dans son coin...

« C'est amusant, songeait Emma en marchant derrière le petit cortège, c'est moi l'adulte responsable, chargée de veiller sur ces enfants, et ce sont eux qui m'éduquent ! » Elle s'était rendu compte, en effet, qu'ils lui dévoilaient chaque jour un peu mieux la complexité de la nature humaine, lui en révélant des aspects dont elle ne soupçonnait pas l'existence. Ils exigeaient une attention de tous les instants, et l'obligeaient sans cesse à aller au-devant de leurs besoins, de leurs chagrins, des mystères de leurs caractères... Ce qui expliquait sans doute pourquoi elle se sentait à présent beaucoup plus lucide. Elle n'avait jusqu'alors accordé autant de vigilance qu'à l'observation de sa propre personne, et elle devait admettre que les résultats étaient loin d'être aussi enrichissants !

Toutes les mères faisaient-elles cette expérience merveilleuse ? Quand elles n'étaient pas totalement épuisées, désorientées ou excédées, décida-t-elle, car les enfants étaient plus exaspérants que fascinants parfois !

Tandis qu'ils traversaient son domaine, Léon Daumaury en vantait les trésors ; il leur fit les honneurs de sa réserve de faisans dorés. Ceux-ci, fiers comme Artaban un instant plus tôt, disparaissaient timidement à leur passage, invisibles tout à coup grâce à leur plumage chatoyant qui se confondait miraculeusement avec les flaques de soleil.

Robin ne parut pas impressionné.

— Je préfère ceux qu'on voit dans les champs, décréta-t-il posément. Ils sont tout bruns, bien gras... comme la théière de Mme Pat.

Les deux adultes éclatèrent de rire.

— Qui est Mme Pat ? s'enquit Sir Daumaury.

— Tu ne la connais pas ? Elle, elle sait qui tu es, s'étonna Robin.

— Edie aussi, renchérit Donna en hochant la tête d'un air important.

— Qui sont ces deux dames ? demanda le vieil homme avec un sourire encourageant. Elles me semblent fort intéressantes.

— Je les adore, s'exclama Donna.

La passion fervente qui vibrait dans ces quelques mots déconcerta Sir Daumaury, comme si elle lui ouvrait les portes d'un monde qui lui était étranger.

— Elles tiennent l'auberge du village, précisa rapidement Emma.

— Mais je les connais, bien sûr... de vue, tout au moins, répondit le vieil homme.

Il considérait le petit visage illuminé de Donna d'un air pensif.

— Pourquoi les aimes-tu autant ? lui demanda-t-il à brûle-pourpoint.

Cette question la désorienta totalement, et elle leva sur lui des yeux ronds.

— Je les aime, répéta-t-elle.

Elle espérait que la force remplacerait l'explication qu'elle ne pouvait donner, par manque de vocabulaire, mais elle était troublée ; lorsque Emma lui tendit une main secourable, elle s'en empara aussitôt.

— Donna les aime, parce qu'elles, elles l'aiment aussi, dit la jeune femme doucement. Ce sont deux femmes charmantes.

Remontant une allée majestueuse, ils traversèrent une vaste perspective de pelouses vallonnées, que la main d'un paysagiste de génie avait agencées en un tableau parfait. Soudain, au détour d'un massif d'azalées, le manoir leur apparut, incroyablement proche tout à coup.

Il méritait sa réputation, avec ses façades de pierre claire, interrompues d'élégantes baies vitrées en enfilade de chaque côté d'un portique aux colonnes élancées, typique du XVIIIe siècle.

Robin l'examina longuement, inconscient du regard incisif que son grand-père fixait sur lui, le visage contracté dans l'attente presque douloureuse de son jugement.

— J'aimerais bien habiter dans ta maison, déclara-t-il sans façon après un bref silence.

Une émotion intense se peignit sur les traits du vieillard, et, subitement écarlate, il ferma les yeux comme pour se ressaisir.

— Je suis heureux qu'elle te plaise, bougonna-t-il enfin.

Derrière le bâtiment principal courait une galerie aménagée en serre par l'addition d'une simple verrière, qui abritait une extraordinaire roseraie au parfum étourdissant.

— Tout le comté vient la visiter en été, dit Sir Daumaury en se rengorgeant légèrement.

Tout à coup, un cri perçant déchira le silence, et Donna sursauta d'effroi.

— C'est un paon, sotte, déclara Tracy abruptement.

Son grand-père se tourna vers elle.

— Tu aimes les paons ? lui demanda-t-il, visiblement à l'affût de sa réponse.

— Ils font les intéressants, avec toutes leurs plumes, jeta-t-elle, méprisante.

Comme pour relever le défi, l'un des volatiles en question déploya l'éventail glorieux d'une roue parfaite, et tous se figèrent devant l'arc-en-ciel magnifique, à l'exception toutefois de Donna qui battit des mains avec frénésie.

— Quelle splendeur ! murmura Emma, comblée.

Elle coula un regard taquin vers Tracy.

Mais le reste de la maison était à l'image de cette première salle — destiné à la vie mondaine des adultes distingués qui l'habitaient. Le petit trio, intimidé, se tenait instinctivement à bonne distance du mobilier poli, aux courbes fragiles, les mains derrière le dos, comme s'il pressentait que leurs doigts y laisseraient des traces indélébiles...

— Ça ne vous plaît pas, soupira leur grand-père tristement.

— Il y a une salle de jeux ? demanda Robin dans un effort de politesse.

Léon Daumaury eut un petit sourire contraint.

— La nursery ? Nous l'avons transformée en grenier, car elle n'a pas été utilisée depuis...

Sa voix se brisa.

« Depuis le départ de mon fils », compléta mentalement Emma, qui se demandait à présent si celui-ci était devenu archéologue parce qu'une enfance dans cette élégante cage dorée l'avait prédisposé à s'émerveiller sur la richesse de certaines civilisations perdues...

Au dernier étage, les tapis disparaissaient pour faire place à des parquets encaustiqués, dans lesquels les boiseries se reflétaient.

Sir Daumaury poussa la porte d'une curieuse mansarde tout en longueur et en recoins, aux murs inclinés comme le plafond.

Robin poussa un cri de ravissement. Au milieu de la pièce trônait un très vieux cheval à bascule, aux couleurs passées, que des générations de petites mains agrippées à sa crinière avaient rendu presque chauve. Le garçonnet l'enfourcha en un clin d'œil.

— Moi aussi, moi aussi, hurla Donna.

Emma l'installa derrière son frère, et ils se lancèrent dans une folle chevauchée, pendant que Tracy inspectait silencieusement les rayonnages de livres un peu écornés, les gravures pittoresques où des petites filles en chapeau de paille portaient des agneaux à ruban rose, le coffre à jouets trop rempli dont le couvercle s'entrebâillait sur un ours en peluche qui la dévisageait fixement. Puis elle se dirigea vers la lucarne et contempla la cime des arbres.

— C'est la plus belle chambre du monde, soupira-t-elle tout doucement.

Léon Daumaury assistait à la scène, muet. Dans la lumière qui baissait rapidement, Emma ne pouvait distinguer ses traits, mais il devait être ému aux larmes.

— Comme le ciel est noir ! s'écria soudain Tracy. C'est un orage, Emma ?

— J'en ai bien peur, acquiesça celle-ci. Nous ferions bien de rentrer avant qu'il n'éclate...

— Vous pourriez déjeuner ici, offrit Sir Daumaury d'un ton bourru.

— Vous êtes très aimable, mais on nous attend au cottage, répondit poliment Emma.

A regret, Robin caressa une dernière fois sa monture, et Emma prit dans ses bras une Donna qui pleura et la détesta pendant quelques secondes, puis oublia tout.

— Mon chauffeur va vous reconduire, dit le vieil homme quand ils furent redescendus.

Emma accepta volontiers. A pied, c'était une longue promenade, et ils seraient probablement arrivés trempés.

Sur les marches du perron, Léon Daumaury leur fit de grands signes d'adieu, auxquels les enfants répondirent avant de se rejeter avec satisfaction dans les coussins moelleux de la luxueuse limousine qui les emportait.

— Chouette voiture, hein ? commenta Robin, les yeux brillants de plaisir.

— Je déteste cette maison, déclara Tracy d'un ton fermement réprobateur.

Son frère lui lança un regard perçant.

— Tu dis ça parce que tu as peur que maman soit en colère, dit-il avec sa perspicacité habituelle.

— Non, monsieur, grinça Tracy.

— Je veux un grand cheval, moi, intervint Donna en se pelotonnant contre Emma. Un qui va en avant et en arrière.

Et pour illustrer son propos, elle se mit à se balancer vigoureusement, en suçant son pouce avidement.

— Oncle Ross sera fâché, dit Tracy, qui revenait à la charge.

— Et pourquoi, Miss Je-Sais-Tout ? railla Robin.

— Si maman avait voulu qu'on aille voir grand-père, oncle Ross nous aurait emmenés, répliqua-t-elle.

Ces mots frappèrent Emma en plein cœur, et une appréhension sournoise s'empara d'elle. C'était l'évidence même...

Ross descendait lentement l'allée au moment où la Rolls les déposa devant le cottage. Face à ses yeux froids et son visage impénétrable, Emma sentit sa gorge se nouer. Elle prépara désespérément son plaidoyer — elle n'avait pas prémédité cette visite, seul un enchaînement de circonstances imprévisibles les avait conduits en présence de Sir Daumaury.

Pendant qu'elle se débattait ainsi avec l'angoisse qui l'étreignait, Robin s'avançait à la rencontre de Ross, très calme.

— Coucou, oncle Ross ! On a vu grand-père, il est très gentil, annonça-t-il le plus naturellement du monde.

— Tiens... répondit le jeune homme le considérant d'un air pensif.

Puis il se tourna vers Emma, le regard dur.

— Comment cela a-t-il bien pu se produire ? ajouta-t-il.

Rassemblant tout son courage, elle se lança bravement.

— Nous sommes partis nous promener, balbutia-t-elle d'une voix blanche, et nous avons pris un chemin que nous ne connaissions pas, et il y avait...

— Une petite porte secrète, offrit gentiment Donna, décochant un sourire émerveillé à son oncle. Alors grand-père est sorti, et on a vu sa maison, mais elle est trop grande. Et puis il nous a montré où son chevaux habite et...

— Cheval, corrigea Tracy.

— Un grand cheval à bascule, murmura Robin, visiblement encore sous le charme. On a galopé, galopé...

Silencieux, Ross fixait Emma, et son visage était étrangement sans expression.

— Voilà une matinée bien remplie, dit-il distraitement aux enfants.

Ceux-ci étaient fatigués, et après un repas morose, ils furent expédiés dans leurs chambres avec l'ordre d'y faire la sieste, qu'ils acceptèrent sans rechigner, à l'exception de Tracy, offusquée d'être traitée, dit-elle, comme un bébé.

Le mutisme de Ross, qui l'aida à faire la vaisselle, ne laissa aucune illusion à Emma. Elle pouvait sentir la tension contenue dans ses gestes, et savait qu'il ne tarderait pas à aborder le sujet qui le préoccupait. Ce fut une simple question.

— Vous auriez pu faire preuve d'un peu de discrétion dans une situation aussi complexe, vous ne trouvez pas ?

— Quelle situation ? Personne ne m'a rien dit, je n'ai fait qu'écouter mon instinct, se défendit-elle.

— Et que vous a-t-il suggéré ? ironisa-t-il, sarcastique.

— De ramener les enfants à la maison immédiatement, ce que je m'apprêtais à faire au moment où Donna et Robin sont entrés.

A présent, elle sentait la colère monter en elle. On la laissait délibérément dans l'ignorance, mais on lui reprochait ensuite sa maladresse !

— Je me trouvais dans une position très délicate, reprit-elle. Je savais parfaitement que la décision ne m'appartenait pas, mais je risquais de manquer de tact envers Sir Daumaury.

— Amanda m'a appris...

C'était plus qu'Emma ne pouvait en supporter.

— Amanda ! répéta-t-elle avec emportement. Ainsi, elle vous a téléphoné pour nous dénoncer ! Elle était furieuse de voir les enfants, elle les déteste !

— Ça suffit ! ordonna Ross, si violemment qu'elle se figea, muette et tremblant de tout son être.

— Vous êtes injuste, reprit-il, un peu radouci. Amanda n'a jamais cessé de travailler à rétablir les relations entre ces enfants et leur grand-père. Son désir le plus cher est que cette famille soit de nouveau réunie.

Emma se mordit les lèvres et s'interdit de répondre. Amanda faisait manifestement une exception en sa faveur... Car pour sa part, ses rencontres avec elle avaient toujours été placées sous le signe de l'hostilité la plus évidente, et les enfants ne semblaient guère plus heureux, comme le témoignait la méchanceté de sa réaction envers Robin lors de leur tout premier... contact ! Après tout, songea-t-elle, Ross se trompait peut-être lui-même lourdement sur le compte de cette jeune femme.

Elle l'observa à la dérobée. Il paraissait l'avoir oubliée, plongé dans ses pensées, l'air anxieux. Sans doute se demandait-il quelle explication il donnerait à sa sœur ?

— Evidemment, je prends la responsabilité de ce

qui s'est produit, déclara-t-elle. Je dirai à Judith que c'est ma faute.

Il eut un ricanement déplaisant.

— En voilà assez maintenant, petite sotte !

Il jeta son torchon d'un geste brusque et quitta la pièce.

Emma resta immobile, bouillant d'une indignation balayée peu à peu par toutes les émotions qui explosaient soudain en elle, la douleur, l'amour, une immense lassitude.

Une petite sotte... voilà ce qu'elle était à ses yeux. Et il avait raison, se dit-elle amèrement. Il fallait qu'elle ait perdu l'esprit pour tomber amoureuse de cet homme arrogant, si sûr de lui, et cependant incapable d'éviter les pièges que lui tendait une femme comme Amanda. Il venait de démontrer à l'instant même qu'elle le tenait entièrement en son pouvoir...

La mort dans l'âme, elle regardait le jardin torturé par la tempête qui faisait rage. La pluie qui ruisselait sur les carreaux lui brouillait la vue, mais peut-être était-ce seulement ses propres larmes qui l'aveuglaient ?

9

Un après-midi de la semaine suivante, Emma jardinait avec les enfants lorsqu'elle entendit une voiture s'arrêter devant la maison.

« C'est sans doute Ross », songea-t-elle après un premier moment de surprise. En partant, il avait annoncé qu'il ne rentrerait que très tard dans la soirée, mais après tout, il n'avait pas d'horaires fixes. Et Edward lui avait peut-être accordé une pause de quelques heures. Bien méritée d'ailleurs, car il avait travaillé sans relâche au cours des deux derniers jours.

Au grincement du portillon, elle se retourna et resta pétrifiée de stupéfaction.

L'air timide mais décidé, Fanny remontait l'allée vers elle.

Elles se jetèrent dans les bras l'une de l'autre et s'embrassèrent avec effusion.

— C'est merveilleux ! Mais que fais-tu là ? articula Emma entre deux sanglots de joie. Et quel magnifique tailleur !

— C'est la première fois que je le porte, répondit Fanny, rouge de plaisir. Je suis contente qu'il te plaise.

Toute de bleu vêtue, couleur qui lui allait à ravir, elle était resplendissante. La coupe seyante de son vêtement mettait admirablement en valeur son corps mince, et elle avait une mine superbe. « Décidément, se dit Emma, l'amour fait des miracles... »

— Comment va Guy ? demanda-t-elle avec assurance.

Enhardie par ses sentiments pour Ross, elle abordait maintenant le plus naturellement du monde ce sujet naguère si délicat.

Le visage de Fanny s'illumina.

— Il te répondra lui-même ! répondit-elle en faisant un petit signe par-dessus l'épaule de son amie.

Celle-ci fit volte-face et se trouva nez à nez avec le jeune homme. Il l'embrassa fraternellement sur la joue, avec tant de spontanéité qu'elle se demanda comment elle avait pu un jour s'imaginer qu'il l'aimait. Elle retrouvait le compagnon charmant qu'il avait toujours été, et avec le recul, son erreur lui semblait grossière.

Comme on pouvait s'illusionner parfois ! se reprocha-t-elle intérieurement.

— Nous sommes venus te demander de bien vouloir assister à notre mariage, dit Fanny.

Elle lui souriait bravement sous la rougeur qui colorait ses joues.

— Votre mariage ? s'exclama Emma, radieuse. Bien sûr ! Quand est-ce ?

— Le dernier jour d'octobre, répondit Guy. J'ai un emploi au Canada, et nous partons début novembre. Comme tu le vois, cela ne nous laisse pas beaucoup de temps, mais Fanny a accepté de renoncer aux fastes traditionnels. Ce sera une cérémonie toute simple, avec nos familles et nos amis intimes... comme toi !

— En blanc, précisa Fanny fermement. Et je compte sur toi comme demoiselle d'honneur, Em !

— Fanny y tient énormément, insista Guy d'une

voix pressante. Tout serait gâché si tu refusais, tu sais. Crois-tu que tu pourras te libérer ?

Emma fut touchée par la chaleur de son intonation, par son regard brillant de sincérité. Elle croyait avoir perdu Fanny, et elle s'était fait un nouvel ami ! Même s'ils partaient tous les deux à l'autre bout du monde, elle savait à présent que rien ne pourrait détruire leur affection mutuelle.

— Je vous promets de me débrouiller. Je ferai ma robe moi-même, annonça-t-elle. Quelle couleur me conseilles-tu, Fan ?

— Le jaune, ma chérie, c'est évident, répondit son amie catégoriquement.

Les enfants écoutaient de toutes leurs oreilles, bouche bée. Emma reprit brusquement conscience de leur présence.

— J'ai oublié de faire les présentations, dit-elle en riant.

Elle les poussa gentiment vers les nouveaux arrivants, et Fanny les embrassa l'un après l'autre. Tracy contemplait la jeune femme avec des yeux extasiés, muette d'admiration.

— Vous ressemblez exactement à la Fée d'Azur ! s'écria-t-elle enfin avec transport.

Emma réprima un sourire, mais Guy enveloppa sa jeune compagne d'un regard ébloui.

— Je suis tout à fait d'accord avec toi, Tracy, affirma-t-il très sérieusement.

« Comme ce doit être merveilleux d'être regardée ainsi par un homme, rêva Emma avec une pointe d'envie. Subjugué par votre seul visage... » Elle était désormais trop souvent victime du même émoi pour ne pas en reconnaître les signes... Chaque fois qu'elle apercevait Ross à l'improviste, son cœur bondissait dans sa poitrine et se mettait à battre sur un rythme désordonné, comme si elle souffrait de quelque mal mystérieux...

— Viens visiter ma chambre, décréta Tracy en s'emparant d'autorité de la main de Fanny et en l'entraînant fermement vers la maison.

— Ne m'attendez pas, dit Emma. Je termine ce massif et je vous rejoins pour le thé.

— Edie a passé toute la matinée à faire des gâteaux, confia Tracy à sa nouvelle amie.

— Oh, Edie... ! J'ai beaucoup entendu parler d'elle, affirma Fanny. Emma m'a écrit une longue lettre sur vous tous.

La fillette la regarda avec un mélange de curiosité et d'inquiétude.

— Qu'est-ce qu'elle vous a dit sur moi ? Elle vous a dit comme je fais bien la cuisine ?

Sans sourciller, Fanny l'en assura, ce dont Emma lui fut infiniment reconnaissante, car elle lui avait fait une description savoureuse de l'épisode de certain porridge à la consistance malheureuse...

Robin et Donna, abandonnant sans un regret leurs semis, emboîtèrent le pas à leur sœur. Outre ses charmes personnels, certes non négligeables, Fanny présentait à leurs yeux l'attrait irrésistible de la visite, qui satisfaisait leur sociabilité naturelle. Celle-ci était quelque peu lésée par l'existence paisible qu'ils menaient au cottage.

Guy regarda s'éloigner le petit groupe, un sourire attendri aux lèvres. Emma l'observait à la dérobée, perdue dans ses pensées. Cette petite bosse sur son nez, ce menton volontaire, qui l'avaient un jour fait défaillir, la laissaient à présent indifférente. Avait-elle vraiment cru l'aimer ? Il était très gentil, mais il lui manquait la force troublante de Ross, cette détermination inébranlable qui forçait le respect...

Guy se retourna et la regarda.

— Tu es éblouissante ! s'écria-t-il en la faisant pivoter devant lui.

— Même dans cet accoutrement ? s'esclaffa Emma.

Elle eut un regard d'excuses pour son jean usé et ses bottes de caoutchouc boueuses.

— Si j'avais su que vous veniez...

— Justement, nous voulions te faire une surprise, coupa-t-il. Fanny avait quelques jours de congé. C'était l'occasion rêvée de venir te voir et de respirer un peu d'air pur !

— Où logez-vous ? s'enquit Emma.

— A Dorchester. Nous sommes descendus à l'hôtel. Charmante petite ville, n'est-ce pas ?

— Il faut absolument que vous visitiez le village natal de Thomas Hardy, déclara-t-elle.

— Nous nous y sommes arrêtés en chemin... très brièvement, d'ailleurs ! Fanny n'aime pas beaucoup jouer les touristes !

Emma éclata de rire.

— Ce n'est pas à moi qu'il faut le dire ! Son occupation favorite, c'est de rester devant la télévision en vidant une boîte de chocolats ! ajouta-t-elle avec une grimace complice.

Guy se redressa et prit un air faussement supérieur.

— Pourtant, elle vient me voir jouer au rugby tous les samedis, emmitouflée dans une bonne dizaine d'écharpes de laine, un bonnet rabattu jusqu'au nez... on jurerait un ours en peluche !

Sa voix vibrait de tendresse et de fierté.

— C'est la mascotte de l'équipe, poursuivit-il. Elle nous porte chance !

— C'est toi qui as de la chance d'avoir conquis une fille aussi épatante ! le taquina gentiment Emma. Je vous souhaite beaucoup de bonheur à tous les deux.

La prenant par les épaules, il plongea dans le sien un regard intense.

— Ne t'inquiète pas pour Fanny, dit-il avec passion. Elle sera heureuse, je te le jure. Elle a fait de moi l'homme le plus comblé de la terre. Mon père ne cesse de me le répéter, et d'ajouter qu'il ne comprend pas pourquoi elle m'épouse !

Il marqua une petite pause pour se pencher à l'oreille d'Emma.

— Moi non plus, d'ailleurs, glissa-t-il en ponctuant sa réflexion d'un petit baiser sur sa joue.

Elle le serra dans ses bras.

— Parce qu'elle t'aime, grand bêta ! Et vous formez un très beau couple.

— Tu es formidable, Em ! s'écria-t-il d'une voix altérée par l'émotion.

Ses lèvres effleurèrent rapidement les siennes.

— Comment pourrai-je jamais te remercier... J'ai failli détruire votre entente, et tu m'as pardonné si vite, si généreusement...

— C'est tout naturel, observa-t-elle. Personne n'est reponsable des caprices du cœur. Je suis ravie pour vous, sincèrement !

Ils éclatèrent de rire, émus de se savoir aux portes d'une amitié qui s'annonçait éternelle, et désormais libérée du poids du passé. Si émus qu'ils en oubliaient la réalité !

— Tu devrais aller retrouver les autres, suggéra Emma en reprenant ses esprits. Le temps de faire un brin de toilette, et je suis à vous !

Elle s'empressa de rassembler ses outils, tandis que le jeune homme s'éloignait docilement. Comme elle se dirigeait vers la remise, elle aperçut tout à coup Ross qui l'observait, accoudé à la clôture du jardin. A son expression menaçante, elle comprit qu'il était de mauvaise humeur.

— Hello ! Vous êtes de retour bien tôt ! lança-t-elle avec autant de légèreté que possible.

— Beaucoup trop tôt, apparemment, aboya-t-il.

Y avait-il de la provocation dans sa voix ? Déroutée, elle se rembrunit.

— Où voulez-vous en venir ? répliqua-t-elle.

— Il y a longtemps que Roméo est ici ?

Tout en parlant, il marchait sur elle, claquant le portillon si violemment qu'il se rouvrit derrière lui.

— Roméo ? répéta-t-elle, éberluée.

Elle resta une seconde sans comprendre, puis elle éclata de rire.

— Vous voulez parler de Guy ?

— Guy ! prononça-t-il avec une dérision mordante. Bien sûr, qui d'autre ?

— Il se passe quelque chose de merveilleux ! s'écria-t-elle vivement dans l'espoir de l'apaiser.

— Voyons, laissez-moi deviner... railla-t-il. Rien n'est changé entre vous ! Vous êtes une fille tellement formidable, Em, si compréhensive et si généreuse...

Il imitait la voix de Guy, et déclamait les paroles du jeune homme avec une ferveur exagérée qui les rendait grotesques. Son visage exprimait un dégoût sans nom.

— C'est écœurant ! Quel être sain d'esprit peut écouter de telles fadaises...

— Guy était sincère, trancha-t-elle avec colère. Tous les hommes ne sont pas des brutes sans cœur, mon cher.

Elle le vit pâlir sous l'affront, et son regard gris se rétrécit.

— Allez-y, dites-moi ce que vous ruminez depuis des semaines ! Croyez-vous par hasard que je ne sais pas ce que vous ressentez pour moi ?

Emma se figea, brusquement livide à son tour. Il savait ? Un long frisson d'horreur la parcourut, et elle se mit à trembler convulsivement. Jamais elle ne le supporterait ! Jamais elle ne pourrait vivre avec la certitude que Ross connaissait ses sentiments pour lui, qu'il en était irrité et qu'il la méprisait.

Il la prit par les épaules et la secoua brutalement.

— Je vous interdis de vous détourner de moi ainsi ! Regardez-moi !

Elle se débattit vigoureusement, s'efforçant désespérément d'échapper à ses yeux d'inquisiteurs qui la fixaient durement.

— Lâchez-moi ! Vous me faites mal...

— Tant mieux ! Je ne sais pas ce qui me retient de vous gifler... Je vous savais stupide, mais pas à ce point-là !

Emma était confondue par la violence de cet éclat incompréhensible. Que lui reprochait-il, à la fin ? Quelqu'un d'autre avait suscité cette rage qu'il déversait maintenant sur elle, quelqu'un qu'il n'osait pas affronter...

— Vous avez encore eu des mots avec Amanda ? avança-t-elle.

— Quel rapport ? rugit-il. N'essayez pas de détourner la conversation.

— J'essaye simplement de découvrir la raison de cette scène, dit-elle patiemment.

Sa bouche eut un pli méprisant, et il abaissa sur elle un regard glacial.

— Comme si vous ne la connaissiez pas !

Interloquée, elle ouvrit de grands yeux.

— Ce que je crois, c'est que vous vous en prenez à moi parce qu'Amanda vous a irrité, déclara-t-elle sèchement. Et je vous avertis, je ne vous laisserai pas me maltraiter à votre guise toutes les fois que cela se produira.

— Vraiment ?

Sa voix s'était soudain dangereusement radoucie. Ses mains se refermèrent sur ses poignets, lui meurtrissant la peau, et il la renversa de force en arrière. Partagée entre l'incrédulité et la peur, elle le vit se pencher sur elle, puis sa bouche recouvrir la sienne. L'esprit vide, elle se sentit plonger dans un tourbillon de sensations où le plaisir et la douleur se confondaient.

Ce n'était pas elle qu'il embrassait — mais Amanda, elle en était sûre. Ross se vengeait sur elle de la femme qu'il aimait, et ce baiser qui aurait dû la transporter de joie n'était plus maintenant que chagrin et humiliation. Pourtant, son corps, lui, la trahissait, s'éveillant à la vie sous le contact tiède de ses lèvres fermes, et sa bouche frémissante lui accordait la réponse ardente qu'il exigeait d'elle.

Au bord de l'abandon, elle fit un effort surhumain pour se ressaisir. S'arrachant malgré elle à son étreinte, elle se dégagea et, au moment où il relevait la tête, elle le gifla à toute volée.

— Ne recommencez jamais ! haleta-t-elle.

Il la libéra et fit un pas en arrière, suivant machinalement du doigt la marque cuisante qui lui barrait la joue. Un petit sourire effleura ses lèvres.

— Je n'aimerais pas vous rencontrer au coin d'un bois, murmura-t-il. Vous avez une force de conviction insoupçonnée.

Encore palpitante, elle s'interdit de lui répondre.

Ross enfouit ses mains dans ses poches.

— Si nous songions à remplir nos devoirs envers votre invité ? déclara-t-il calmement. S'il désire passer la nuit ici, je n'y vois aucun inconvénient.

— C'est très aimable à vous, répondit-elle poliment. Mais il rentre à Dorchester avec Fanny.

— Fanny ? répéta-t-il, ébahi.

— Oui, mon amie Fanny, qui partage mon appartement à Londres. Il me semble que je vous en ai parlé ? Eh bien, ils sont venus m'annoncer leur mariage, dit-elle, retrouvant son sourire. N'est-ce pas formidable ?

— Formidable, en effet, répéta-t-il d'une voix sans expression.

Emportée par son propre enthousiasme, elle lui

donna tous les détails, sans remarquer qu'il ne semblait pas le partager.

Quand elle eut terminé, il lui lança un regard glacé.

— Ainsi, ils vous demandent d'être demoiselle d'honneur, jeta-t-il froidement. Quel incroyable manque de tact ! Mais ça n'a pas l'air de vous affecter.

— Vous oubliez qu'ils ne savent pas... qu'ils ne doivent jamais soupçonner que... que je me suis crue amoureuse de Guy, balbutia-t-elle en rougissant.

— Crue ? répliqua-t-il, sarcastique. Vous le dévoriez des yeux à l'instant même.

— J'étais heureuse de le revoir, se défendit-elle. Et de constater que je ne ressentais plus rien de tel.

— C'est sans doute pour cela que vous l'avez embrassé ?

Il lui fallut plusieurs minutes pour deviner à quoi il faisait allusion.

— Ce n'était qu'un baiser fraternel, rien de plus !

Impassible, Ross lui jeta un coup d'œil intimidant.

— Eh bien, ne vous y méprenez pas. Les baisers fraternels ne sont pas dans mes habitudes.

Elle n'eut pas le loisir de s'interroger sur le sens de cette mystérieuse remarque. La voix suraiguë de Robin retentit, leur annonçant qu'on les attendait pour le thé, et elle se hâta vers la maison, soulagée d'échapper à cet entretien éprouvant. Elle aurait bien le temps d'en analyser le contenu... A présent, elle n'aspirait qu'à une seule chose, revenir à ses fonctions moins déconcertantes de gouvernante...

Elle trouva ses deux invités à la cuisine, enrôlés de force par Tracy pour la préparation des toasts, et, quand Ross les rejoignit, elle le leur présenta. Il serra brièvement la main de Guy, après l'avoir évalué d'un regard poli mais avec une raideur si délibérée qu'elle ne pouvait passer inaperçue. Puis il se tourna vers

Fanny, avec un sourire infiniment plus chaleureux, et une lueur d'appréciation passa dans son regard.

— Emma m'avait prévenu que vous étiez ravissante, mais c'est bien peu dire...

Flattée, Fanny baissa les paupières avec coquetterie.

— Elle ne m'avait pas dit que vous aviez un tel talent pour la galanterie, répondit-elle.

— N'en ayant jamais été honorée, je ne le soupçonnais même pas, intervint Emma innocemment. Tu me révèles un nouvel aspect de sa personnalité.

— C'est le pouvoir qu'ont les jeunes filles féminines sur les hommes, rétorqua Ross.

Guy crut bon d'intervenir, autant pour prendre la défense de son amie que parce que l'attitude de Ross à l'égard de Fanny le hérissait.

— Emma est très féminine, protesta-t-il.

— Vous n'avez probablement jamais tâté de son crochet du gauche, ironisa Ross. Elle tiendrait tête à un champion de boxe poids lourds.

— La bouilloire siffle, lança Emma, très rouge. Ross, pouvez-vous les conduire au salon pendant que je m'occupe du thé ?

— Je vais t'aider, déclara Fanny fermement.

Ross adressa un signe de tête significatif à Guy.

— Nous ferions bien de nous éclipser, dit-il. Vous savez comment sont les femmes dans leur domaine !

Guy s'exécuta à contrecœur. Bien que d'un naturel ouvert, il avait conscience d'avoir été insulté, et son expression ne présageait rien de bon pour ses relations futures avec Ross.

— Peux-tu me dire ce qui se passe ici ? s'enquit Fanny dès qu'elles furent seules.

— Comment cela ? répondit Emma en affectant la surprise.

— Tu sais très bien ce dont je veux parler, reprit

son amie. Il y a de l'électricité dans l'air entre vous deux.

— Tu te fais des idées. Il y a une autre femme.

Elle espérait en prenant ce ton désinvolte déguiser la douleur que lui arrachaient ces paroles, mais Fanny la connaissait trop bien pour s'y laisser prendre.

— Oh, Em... quelle malchance ! murmura-t-elle avec compassion.

— Ce sont des choses qui arrivent, dit Emma en haussant les épaules.

— Il est très séduisant, remarqua Fanny.

— N'est-ce pas ? rétorqua la visiteuse sèchement.

Son amie lui jeta un coup d'œil incisif.

— Es-tu sûre qu'il y a quelqu'un d'autre ? C'est curieux, j'ai très nettement senti quelque chose entre vous, à l'instant même...

— Une tension, sans doute, répliqua Emma amèrement. Nous venons de nous quereller à mort ! Chaque fois qu'il se dispute avec son amie, il se venge sur la première femme présente, à savoir moi !

— Comment est-elle ?

— Blonde et ravageuse, dit Emma sombrement. C'est une langue de vipère. Ils s'entendront à merveille.

Fanny ne put s'empêcher d'éclater de rire.

— Ma chérie, quelle humeur massacrante !

— Comme dit Ross, je ne suis pas très féminine !

— Eh bien, il ne sait pas de quoi il parle ! Evidemment, s'il considère qu'une femme digne de ce nom doit être une petite créature vulnérable qui se pâme à la vue du sang et ne peut déplacer un coussin sans appeler à l'aide, alors il a raison. Mais ce ne sont pas là les vertus principales que les hommes modernes attendent de leur compagne, rassure-toi !

— A mon avis, tu as un préjugé en ma faveur,

mais je te remercie quand même de ton appréciation !

Elles apportèrent le plateau au salon, où régnait un silence opaque. Guy feuilletait distraitement un magazine, et Ross lui tournait le dos, immobile devant la fenêtre, les traits fermés. Après avoir servi le thé, Emma le pria de venir s'asseoir parmi eux.

— Un sandwich ? lui proposa-t-elle en battant exagérément des cils.

Ross lui adressa un petit sourire de commisération qui la fit bouillir de rage.

— Vous avez quelque chose dans l'œil ? ironisa-t-il.

— Je m'efforce de vous plaire... répondit-elle du tac au tac.

— Sais-tu faire les tartes, Fanny ? demanda Guy, qui appréciait visiblement la pâtisserie d'Edie.

— Bien sûr ! répondit celle-ci en affectant un air suffisant.

— Tant mieux, car nous en mangerons tous les jours, dorénavant.

— Comme tu voudras, mon chéri...

Ross, qui observait Emma avec une expression narquoise, se pencha à portée de son oreille sous prétexte de prendre un sucre.

— Quel tableau touchant, lui glissa-t-il tout bas. Une épouse soumise, c'est la garantie d'un mariage réussi.

— Balivernes ! Pourquoi refusez-vous de vivre avec votre temps, Ross ?

Ils furent brusquement assaillis par un bataillon serré et bruyant.

— Nous mourrons de faim ! annonça Tracy. Chic ! Du gâteau au chocolat !

Robin se laissa tomber aux pieds d'Emma.

— Est-ce qu'on peut goûter ici avec vous ? implora-t-il.

— Non, répondit la jeune femme fermement. Vous n'êtes pas assez soigneux. A la cuisine, comme d'habitude.

Avisant Donna qui s'était déjà emparée d'un biscuit, elle l'entraîna résolument hors de la pièce, escortée de Robin qui sautillait allègrement à ses côtés dans un flot de paroles. Fanny les regarda disparaître, songeuse. Bientôt, elle aurait elle aussi un enfant cramponné à sa main...

Cinq minutes plus tard, Amanda s'encadra à la porte de service, impeccable dans un fourreau gris perle, et resta un instant sur le seuil, promenant un regard écœuré sur les visages barbouillés et réjouis des enfants.

— Ross est là ? jeta-t-elle, hautaine.

— Au salon, répondit Emma.

Elle la suivit pour lui proposer une tasse de thé. A leur entrée, Fanny dut reconnaître Amanda d'après la description qu'Emma lui en avait faite, car elle ouvrit de grands yeux et se tourna vers Ross, qui se levait pour saluer la nouvelle arrivante.

— Peux-tu venir à Queen's Daumaury immédiatement ? lui demanda Amanda en ignorant le reste de l'assistance. J'ai essayé de te joindre, mais ton téléphone est en dérangement.

— Ah ? Tu me l'apprends, répondit-il distraitement. Ecoute, ce n'est peut-être pas absolument nécessaire ? Ces scènes me fatiguent.

— Ton père a eu une attaque, dit Amanda.

Emma, qui n'avait pas quitté Ross des yeux, vit le sang se retirer de son visage.

— A-t-on appelé un médecin ? dit-il d'une voix blanche.

— Il est arrivé immédiatement.

Elle le regarda gravement.

— Cette fois-ci, je crois que c'est sérieux, Ross.

Est-ce que Judith peut quitter l'hôpital ? Il faut qu'elle soit près de lui elle aussi.

En un éclair douloureux, Emma comprit. Léon Daumaury n'était pas le père du mari de Judith, mais celui de Judith elle-même. Le père de Ross.

Ross qui serait l'héritier de Queen's Daumaury.

10

Tout ce qui l'avait intriguée jusque-là prenait brusquement un sens, et les morceaux du puzzle s'assemblaient lentement dans son esprit. Ainsi, l'épisode de cette jeune fille qui avait cherché sans vergogne à se faire épouser devenait plus tragique encore... Pour toute femme ambitieuse, l'héritier de Queen's Daumaury était un parti de rêve, et l'enjeu suffisamment impressionnant pour qu'elle n'ait pas hésité un seul instant à employer une tactique aussi malhonnête...

Elle comprenait à présent la fureur de Ross quand son père avait refusé de le croire innocent... Sans doute avait-il claqué la porte en jurant de ne jamais revenir. Cependant, malgré une profession qu'il pouvait exercer aux quatre coins du monde, il était demeuré au village, révélant ainsi combien il était attaché en réalité au vieil homme.

Celui-ci, de son côté, n'était pas aussi farouchement opposé à son fils qu'il n'y paraissait. Même s'il s'ensuivait invariablement une querelle, les deux hommes se rencontraient régulièrement, et gardaient l'un pour l'autre un sentiment certain.

La réaction ambiguë de Ross aux avances assidues d'Amanda apparaissait elle aussi sous un jour nouveau. Il ne pouvait que soupçonner ses motifs d'être intéressés, et préférer la perdre plutôt que de tomber dans ce piège, en dépit de la fascination qu'elle exerçait sur lui.

Après leur départ précipité, Emma sentit s'abattre sur elle une terrible sensation de vide. Elle n'avait même pas la force de répondre aux questions pressantes dont la bombardait Fanny.

— Nous partons, annonça Guy, conscient de la situation.

Sa compagne allait protester, mais d'un regard, il la réduisit au silence.

— Nous passerons demain dans l'après-midi, suggéra-t-elle cependant.

— Je crois que nous ferions mieux de rentrer à Londres, déclara Guy calmement. Notre présence risque de paraître indésirable dans un moment pareil.

— Jamais de la vie ! s'écria Emma en s'arrachant brutalement à sa torpeur. Au contraire, je vous en prie, venez demain !

Fanny l'embrassa, puis les enfants, qui les accompagnèrent jusqu'à leur voiture et leur firent de grands signes d'adieu. Emma remarqua la pâleur inhabituelle de Tracy, qui se tenait un peu à l'écart.

— Que se passe-t-il ? lui demanda-t-elle en l'entourant d'un bras affectueux.

La fillette leva sur elle des yeux angoissés.

— Grand-père va mourir ?

— Il faut espérer que non, ma chérie. Tu sais, il est très résistant, et il a le meilleur médecin de tout le pays, ajouta-t-elle avec la conviction d'être dans le vrai.

La nouvelle de la maladie de Sir Daumaury fut annoncée le soir même dans le bulletin d'informations, entraînant immédiatement une véritable panique chez les actionnaires de ses innombrables sociétés, qui redoutaient probablement un changement de direction.

Les ouvriers des télécommunications vinrent réparer le téléphone, qui se mit à sonner sur-le-champ, et Emma crut devenir folle à force d'invoquer sans cesse sa propre ignorance. Dans la soirée, Mme Pat fit un saut pour la mettre en garde contre l'essaim de journalistes qui s'était abattu sur l'auberge, devenue leur quartier général.

— Ils ne vont pas tarder à venir vous harceler, ces requins. Alors, un conseil : vous n'êtes au courant de rien.

— Ce n'est que trop vrai, répondit Emma sombrement.

Le reproche qui perçait dans sa voix n'échappa pas à la brave femme.

— Ce n'était pas à moi de vous dire ce que Ross vous cachait, ma petite.

— J'ai été sourde et aveugle, reprit Emma, amère. Dire que je l'ai pris pour un simple vétérinaire de campagne !...

Mme Pat lui lança un regard perçant.

— Ça n'en fait pas un autre homme... Vous avez l'air ennuyée de découvrir qu'il sera immensément riche !

— Ça ne me regarde pas, répondit Emma en rougissant.

— Vraiment ? rétorqua Mme Pat dans un sourire.

Après son départ, Emma s'activa à mettre de l'ordre dans la maison, avec une frénésie presque maniaque, comme si elle voulait s'abrutir de travail. Elle allait monter se coucher lorsque la sonnerie du téléphone retentit une fois de plus. Après les avertissements de Mme Pat, elle s'apprêtait à devoir repousser le premier d'une bande de curieux, mais c'était Ross.

— Tout va bien ?

— Très bien, répondit-elle. Comment va votre père ?

— Il tient bon ! Son état est stationnaire, et comme il n'y aura sans doute pas urgence, Judith voudrait passer la nuit au cottage. Cela vous semble-t-il possible ?

Son ton était assez optimiste.

— C'est votre maison, pas la mienne, dit Emma.

— Vous l'installerez dans ma chambre.

Il marqua une petite pause avant de poursuivre.

— Vous paraissez nerveuse... Vous n'avez pas d'ennuis ?

— Je m'inquiétais seulement pour votre père.

Il y eut un nouveau silence.

— Vous êtes fâchée parce que je ne vous ai rien dit ? hasarda-t-il, perspicace.

— Rien ne vous y obligeait.

— Vous m'en voulez, je l'entends à votre voix... Je suis désolé, Emma, j'avais mes raisons.

— En effet, et lesquelles ! Si j'avais su qui vous étiez, soyez bien sûr que j'aurais tout mis en œuvre pour vous séduire, comme toutes les autres, rétorqua-t-elle âprement.

Elle avait résolu de le blesser, comme si elle espérait ainsi atténuer sa propre douleur.

— Ce n'est pas ce que je redoutais, dit-il.

— Non ?

— Vous n'avez rien compris, s'écria-t-il avec une nuance d'irritation. Vos élucubrations n'ont rien à voir avec la réalité.

— Quelle importance, de toute façon ? trancha-t-elle. Ça m'est totalement indifférent.

— Eh bien dans ce cas, bonsoir.

Il raccrocha brutalement.

Une demi-heure plus tard, la limousine rutilante de Queen's Daumaury déposa Judith, qui embrassa chaleureusement Emma.

— Mon Dieu... comme je suis heureuse de vous voir ! s'exclama-t-elle.

— Vous semblez épuisée. Avez-vous dîné ? s'enquit Emma avec sollicitude.

— Plutôt dix fois qu'une ! Les domestiques n'ont pas arrêté de servir des repas, comme s'ils espéraient lutter contre leur propre chagrin en nous obligeant à manger ! Ils sont très attachés à leur maître, vous savez...

Emma n'en doutait pas un seul instant. Avec son air las et affligé, Sir Daumaury inspirait la compassion. Et l'argent n'avait jamais protégé personne de la solitude.

Judith se laissa tomber dans un fauteuil devant la cheminée, et se déchaussa avec un soulagement visible.

— Je suis rompue ! Je suis sortie de l'hôpital en catastrophe, et j'ai fait le trajet jusqu'à Daumaury en m'attendant au pire, pour apprendre dès mon arrivée que père avait déjà repris le dessus.

Elle se rengorgea imperceptiblement.

— Il faudrait plus qu'une malheureuse attaque pour avoir raison de lui ! C'est un rude gaillard...

— Ça tient de famille, apparemment, lança Emma involontairement.

D'abord médusée, Judith la regarda une seconde sans comprendre, puis elle eut un petit sourire complice.

— Vous faites sans doute allusion à mon cher frère ?

— C'est un roc. Rien ne l'atteint et il n'épargne rien ni personne, murmura la jeune femme, la mine farouche.

Tant de véhémence parut prendre son interlocutrice au dépourvu, car elle ouvrit de grands yeux et se tut un instant.

— Vous m'êtes très sympathique, Emma, déclara-t-elle enfin, une étincelle amusée dans le regard. A propos, père vous aime bien, lui aussi, si j'en crois ce qu'il m'a dit ce soir. Pourtant il a menacé Ross de le déshériter complètement s'il vous épousait.

Elle s'interrompit pour contempler la rougeur que ses paroles avaient fait naître sur le visage stupéfié d'Emma, bientôt suivie d'une pâleur tout aussi remarquable.

— Ross lui a répondu qu'il s'en moquait éperdument, et que cela ne l'empêcherait pas de se marier avec vous s'il en avait le désir, poursuivit-elle.

Tremblant de tout son être, Emma semblait sur le point de défaillir.

— Mais il n'a jamais été question de cela, commença-t-elle d'une voix mal assurée.

— L'infirmière était très contrariée, car mon père s'amusait follement, enchaîna gaiement Judith. Il adore ces petites escarmouches avec Ross, c'est un peu comme un souffle de vie pour lui...

Elle fut prise d'un petit fou rire.

— Amanda, par contre, n'avait pas l'air d'apprécier tellement la plaisanterie !

— Elle était présente ?

Emma était consternée.

— Mais enfin, c'est elle qu'il aime... qu'il épousera !

Judith bâilla et se leva.

— Ma chère Emma, vous êtes d'une naïveté atterrante. Bonsoir, je vais me coucher.

Emma demeura pétrifiée, partagée entre l'embarras et l'incrédulité. Qu'avait-elle voulu dire ?

Elle décida cependant de l'imiter, après avoir recouvert les braises de cendres afin de conserver à la pièce toute sa chaleur jusqu'au lendemain matin. Avec l'approche de l'automne, les nuits devenaient fraîches, et les réveils frileux.

A peine avait-elle posé sa tête sur l'oreiller qu'elle entendit un bruit insolite à l'étage inférieur. Quelqu'un avait pénétré dans la maison !

Elle descendit l'escalier sur la pointe des pieds. Un rai de lumière filtrait sous la porte de la cuisine. Elle se glissa au salon, s'empara d'un tisonnier et, brandissant son arme de fortune, elle fit irruption dans la pièce.

Ross, en train de battre des œufs dans un saladier, se retourna d'un bond, resta un instant pantois, puis il éclata de rire.

— Qu'est-ce que c'est que ça? La charge de la Brigade Légère?

— Je vous ai pris pour un cambrioleur! Vous avez de la chance que je ne vous aie pas assommé avec ça! s'écria-t-elle, furieuse de son erreur.

— A qui le dites-vous! ironisa-t-il. Vous êtes réellement effrayante... après les poings, le tisonnier! Je n'ose pas imaginer ce que sera la vie conjugale avec une mégère de votre espèce!

Elle se sentit rougir violemment.

— A votre place, je ne m'en inquièterais pas, étant donné que cela ne vous concernera jamais.

— Oh, que si... répondit-il en se retournant rapidement vers la cuisinière. J'ai l'intention de vous épouser.

Elle crut que ses oreilles lui jouaient des tours. Puis une violente colère s'empara d'elle devant l'impudence tranquille de sa déclaration.

— Tiens! siffla-t-elle. Bien sûr, mon opinion n'est pas absolument indispensable... Eh bien, monsieur, laissez-moi vous apprendre une chose. Même si vous étiez le dernier homme sur terre, je ne vous épouserais pas! Et de toute façon, je sais très bien pourquoi vous avez pris cette décision.

Ross fit glisser habilement son omelette sur une assiette avant de lui faire face, et la dévisagea d'un air moqueur.

— Et pourquoi donc?

— Pour irriter votre père!

Il eut un rire sonore.

— Judith m'a tout raconté, explosa-t-elle, furibonde. Ce mariage ne vous avait jamais traversé l'esprit avant qu'il annonce qu'il s'y opposerait. Avec l'obstination qui vous caractérise, vous avez aussitôt décidé de le contrarier !

Ross la prit soudain par les épaules et l'attira doucement dans ses bras.

— Petite sotte ! Quel homme de bon sens agirait ainsi ? Mon père veut que je vous épouse, c'est pour cela qu'il a brandi ses menaces... J'avais déjà suggéré cette éventualité, expliqua-t-il, et il s'en réjouissait, mais pour rien au monde il ne l'aurait avoué. D'autant plus qu'il sait très bien que je ferai ce qui me plaît, au bout du compte...

— Vous parlez de ce mariage comme s'il allait de soi ! balbutia-t-elle, déconcertée. Pourtant, vous savez bien que nous n'avons jamais été en termes sentimentaux...

— Nous nous sommes embrassés, me semble-t-il ? Et puis nous avons partagé une bicyclette... Peut-on être plus intimes ?

Il la fixait droit dans les yeux, comme pour la défier de le contredire.

— Ne soyez pas ridicule, jeta-t-elle sèchement. Vous m'avez embrassée pour me réduire au silence, lors d'une crise de rage.

— Je vous ai embrassée parce que c'était ce que je désirais depuis une éternité, répondit-il calmement. Et je me propose de recommencer. Tout de suite.

Elle se rejeta instinctivement en arrière, mais son bras robuste l'emprisonnait fermement. Son baiser fut tendre cette fois-ci, exigeant cependant, et elle le lui rendit avec passion, emportée par un tourbillon de sensations étourdissantes.

Quand il se redressa, ils restèrent un long moment à se regarder, éperdus.

— Acceptez-vous de devenir ma femme, Emma ? murmura-t-il avec un sourire éblouissant.

— Ross, souffla-t-elle en cachant ses joues brûlantes dans son épaule. Et Amanda ?

Elle sentit le rire contracter les muscles de sa poitrine.

— Amanda ? Vous n'avez tout de même pas cru que je succomberais à ses grotesques assiduités ? Je ne sais que trop bien à qui j'ai affaire ! C'est une cousine pauvre, qui est venue vivre avec nous quand sa famille s'est dissociée. Elle a toujours été opportuniste, totalement dénuée de scrupules, méchante... et j'en passe ! Mon père l'a gardée auprès de lui parce qu'elle fait une hôtesse assez décorative. Ruineuse, également. Elle l'oblige à payer toutes ses folies, bijoux, robes...

— Elle a toujours semblé vous amuser...

— Elle peut se montrer distrayante, à l'occasion, admit-il. Elle est agréable à regarder, après tout...

— Vous la trouvez attirante ! s'enflamma Emma.

Il lui lança un coup d'œil malicieux.

— Jalouse ? railla-t-il.

— Je suis sûre que vous l'avez aimée, s'écria-t-elle d'une voix douloureuse. Il y a une intimité indéniable entre vous.

— Je la connais depuis des années ! se défendit-il en haussant les épaules. C'est une splendide tigresse, toute griffes et crocs. Elle m'a toujours exaspéré, mais cela ne m'empêchait pas d'admirer sa beauté.

— Elle nourrissait certainement l'espoir de vous épouser !

Ross se rembrunit subitement.

— Je ne l'ai jamais encouragée dans cette voie, bien au contraire ! Vous devez me croire, Emma. La nature de ses sentiments ne m'a jamais échappé. Elle feignait de s'intéresser à moi par pure ambition ; je doute qu'elle soit capable d'éprouver une émotion sincère, d'ailleurs.

— Je me demande si vous l'êtes davantage, lança Emma d'une voix rendue incertaine par le désarroi.

Certes, il l'avait embrassée, il l'avait demandée en mariage, mais il était trois mots magiques qui n'avaient pas franchi ses lèvres...

Pâlissant sous cette attaque inattendue, il la regarda avec stupeur.

— Que voulez-vous dire ? Je croyais...

— Vous croyiez qu'il suffisait à l'irrésistible Ross Daumaury de claquer des doigts pour que n'importe quelle femme tombe à ses genoux, voilà tout !

Le menton fièrement levé, elle le bravait du regard.

— Eh bien, vous avez tort.

Il lui prit la taille et la pressa fermement contre lui, réduisant à néant tous ses efforts pour se dégager.

— De quoi parlez-vous, idiote ?

— Vous êtes beaucoup trop sûr de vous, jeta-t-elle avec mépris. Comment avez-vous osé prétendre que vous connaissiez mes sentiments pour vous ?

Les traits de Ross se détendirent et il parut soulagé.

— Ce matin ? J'étais hors de moi, et ce que je voulais dire, c'était que je savais que vous me détestiez... Je croyais que vous aimiez encore Guy et que je n'avais plus aucune chance...

— Et maintenant ?

— Après notre baiser dans le jardin, j'ai compris que je m'étais trompé. Votre réaction avait balayé tous mes doutes... Ensuite, Amanda m'a redonné un espoir immense, bien involontairement d'ailleurs !

— Comment cela ?

— En prétendant que vous vous débattiez dans les

tourments d'un émoi de collégienne pour moi... Ignoble, à son habitude. Elle cherchait à me blesser, mais si elle savait comme elle m'a rendu heureux !

— Vraiment ? jeta-t-elle, sarcastique.

Il lui releva le menton et l'obligea à soutenir son regard.

— Dites-moi la vérité, ma chérie. M'aimez-vous ?

— Je ne vous ai pas encore entendu me le dire... rétorqua-t-elle.

— Comment ? s'écria-t-il d'une voix blanche. Mais ne vous l'ai-je pas fait comprendre de mille façons différentes ?

— Je suis une âme simple, murmura-t-elle, le cœur battant à tout rompre. Il me faut une déclaration dans les règles... La formule d'usage, prononcée sur un ton passionné...

D'une voix grave, vibrante d'émotion, il s'exécuta, et elle lui jeta les bras autour du cou.

— Oh Ross, je vous aime tant !... murmura-t-elle.

Après un long baiser qui la transporta au bord d'une extase délicieuse, Ross s'arracha à regret de ses lèvres.

— Voyons cette omelette ! Je meurs de faim...

— Quel incorrigible romantique vous faites ! s'esclaffa Emma.

— Je n'ai rien mangé depuis midi, se défendit-il. J'étais tellement inquiet pour mon père...

Il lui lança un coup d'œil inquiet.

— Croyez-vous que vous vous habituerez à Queen's Daumaury ? Je sais combien vous affectionnez une vie simple.

Elle poussa un bref soupir.

— Peut-être votre père se rétablira-t-il tout à fait ? Nous pourrions alors rester ici...

— Nous y vivrons un jour, cependant, dit-il. Vous verrez, la maison est très belle, et j'y suis très attaché. Amanda aussi d'ailleurs, ce qui lui donnait une raison de plus de me courtiser...

— Daumaury est splendide, en effet, approuva Emma. Mais si glacial...

— Vous lui rendrez la vie... L'âme de ce domaine s'est évanouie avec la mort de ma mère. Il a besoin de vous... Cet accident a eu du bon. Père a fait la paix avec Judith. Il accepte enfin son mariage. Cette demeure sera le royaume des enfants ! Les siens, puis les nôtres...

— Vous allez un peu vite... l'interrompit-elle, écarlate. Nous ne sommes pas encore mariés !

— Cela ne saurait tarder, répliqua-t-il. Je vous ai attendue si longtemps... J'avais renoncé à rencontrer la femme qui m'aimerait pour moi-même, et non pour ma fortune. Dès notre première rencontre, je suis tombé follement amoureux de vous, et j'ai tout mis en œuvre pour que jamais vous n'appreniez qui j'étais... pour que rien ne change entre nous. Je craignais chaque jour de découvrir sur votre visage que vous saviez tout. Mais il m'a suffi de très peu de temps pour comprendre que l'argent ne vous intéressait pas. Il risquait plutôt de vous faire fuir !

— C'est vrai, dit-elle gravement. Je préférerais presque que vous n'en ayez pas. Mon éducation ne m'a pas préparée à une vie mondaine, et ce nouveau rôle me fait peur... Je n'ai pas la classe d'Amanda Craig !

Ross ne put s'empêcher d'éclater de rire.

— Fort heureusement, mon étrange amour... C'est pour cela que je vous aime, votre honnêteté, votre franchise...

— Et moi qui m'imaginais que c'était pour mon joli visage, dit-elle, faussement vexée.

Il lui pinça affectueusement la joue.

— Effrontée ! Vous avez bien d'autres qualités...

Elle se serra dans ses bras.

— Peut-on savoir lesquelles ? murmura-t-elle en lui offrant ses lèvres.

— Nous avons toute la vie pour parler, dit-il en se penchant vers elle. Embrassez-moi, à présent...

LE CAPRICORNE

(21 décembre - 19 janvier)

Signe de Terre dominé par Saturne : Vertu.

Pierre : Onyx.
Métal : Plomb.
Mot clé : Temps.
Caractéristique : Acharnement.

Qualités : Sagesse, sérieux, ambition. Aime à découvrir, voit loin…

Il lui dira : «J'attendrai car je vous aime.»

LE CAPRICORNE

(22 décembre - 19 janvier)

Le légendaire acharnement des natifs du Capricorne retient Emma auprès d'un homme… qui déteste les femmes !

Pour elle le bonheur doit être raisonnable mais infaillible. Sa quête permanente d'absolu lui interdit d'accepter toute demi-mesure. On la dit avare ? Seul son manque de besoins est à l'origine de son désintérêt pour l'argent.

La lettre du mois

Chère Madame,

J'ai découvert la collection «Harlequin» il y a à peu près un an et demi. Jamais je n'ai lu autant de livres avec une telle joie, un tel plaisir! Pour moi, les livres «Harlequin» sont mes plus grands loisirs, moi qui passais mes journées devant la télévision.

Au fur et à mesure que je lis un livre «Harlequin», je ressens à chaque fois quelque chose de plus beau, de plus intense. Vos auteurs sont exceptionnels, savoir écrire un livre avec autant de passion, de joie, de tristesse est fascinant! Ils me font rire, sourire et pleurer...

Les personnes qui n'aiment pas «Harlequin» ou qui en disent des bêtises comme «Harlequin c'est de l'eau de rose...» me font bondir. Moi, j'ai besoin de m'évader dans ces livres que j'adore. Il faut parfois savoir lire avec son cœur et pas avec ses yeux, et vous verrez que l'on comprend le livre d'une manière tout-à-fait différente, on saisit alors le sens caché des phrases!

Je vous remercie pour cette bibliothèque passionnante qui a une si grande place dans mon cœur.

Muriel (15 ans) — Belgique

LAISSEZ-VOUS INSPIRER PAR LES MUSES...

Chère amie,

Tous les grands poètes ont eu une muse. C'est elle qui leur a inspiré leurs plus beaux vers, leurs rimes les plus riches...

Vous allez devoir à présent vous adresser à la vôtre... car je vais vous demander d'écrire des poèmes. Oui, vous allez devenir poète et votre sujet sera tout simplement la Collection Harlequin, ses héros virils et ses héroïnes fragiles à la recherche du grand amour.

« Je ne réussirai jamais! » se diront certaines d'entre vous. Détrompez-vous!
Prenez votre feuille de papier, un stylo... et laissez-vous aller tout simplement au gré de votre imagination, avec les mots simples qui vous viennent tout naturellement à l'esprit. Et puis relisez-vous : vous serez surprise du résultat car vous aurez vraiment écrit un beau poème.

Envoyez-moi ceux dont vous serez la plus fière. Je les publierai et vous pourrez gagner des lots vraiment magnifiques. Nous en reparlerons!

Bien amicalement

Juliette Lucine

Edimail S.A. 75785 Paris Cedex 16

Achevé d'imprimer en février 1983
sur les presses de l'Imprimerie Bussière
à Saint-Amand (Cher)

— N° d'imprimeur : 2230. —
— N° d'éditeur : 387. —
Dépôt légal : mars 1983.

Imprimé en France